MW01632738

# EN LONGEANT LA MER
# DE KYÔTO À KAMAKURA

Ouvrage publié grâce au généreux soutien de la Japan Foundation

# ANONYME JAPONAIS

# EN LONGEANT LA MER DE KYÔTO À KAMAKURA

## [KAIDÔ-KI]

Traduit du japonais, annoté et présenté
par le groupe Koten

Claire-Akiko Brisset, Jacqueline Pigeot, Daniel Struve,
Sumie Terada et Michel Vieillard-Baron

LE BRUIT DU TEMPS

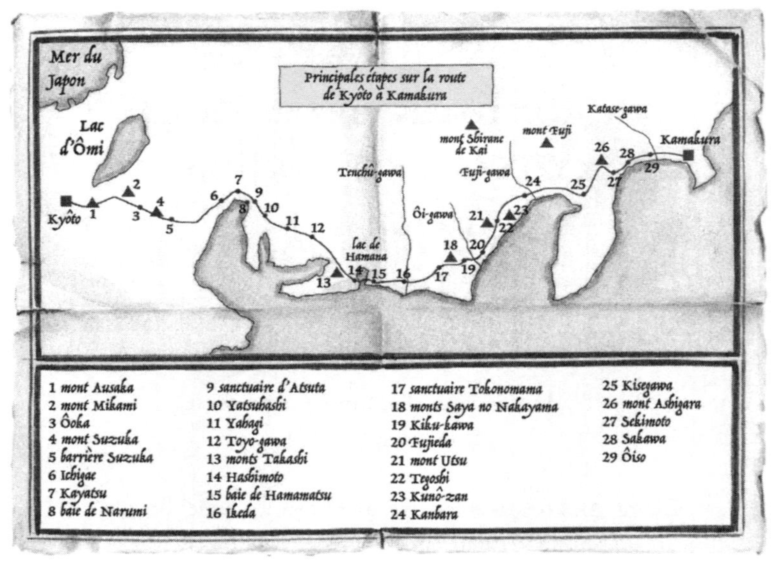


Le trajet de Kyôto à Kamakura

Sur la rive de la Shira-kawa au pied des collines[1], vit dans la simplicité, à l'écart du monde, un réprouvé. Dépourvu de dispositions innées, il a beau pratiquer les arts libéraux dans le but d'acquérir des capacités, tel un récipient sans fond, il ne retient rien. La fortune ne l'ayant jamais favorisé, il a honte de la rétribution qui lui est échue[2], et lorsqu'il se retourne sur son destin, sa rancune, il ne peut l'adresser qu'à lui-même ; démuni, il est comme le crapaud dans la source Avidité[3] ; sa personne, il la voit comme une herbe flottant au gré des eaux[4] ; il sanglote sans force et, devenu arbre vain enfoui dans un ravin profond, en son cœur ont cessé de s'épanouir les fleurs de l'ambition. Cette vie à laquelle il ne tient pas, il y est malgré tout attaché,

1. La Shira-kawa coule à l'est de la capitale Heian-kyô (aujourd'hui Kyôto). Il s'agirait ici des collines Kurodani et Kaguraoka, situées elles aussi à l'est de la capitale.
2. Pour les actes accomplis dans une vie antérieure.
3. La source Pin, située au sud de la Chine, dans la province du Guangdong ; boire son eau suscitait la cupidité. Selon l'*Histoire des Jin* [*Jinshu*] ouvrage achevé en 645, Wu Yinzhi en but en toute connaissance, mais demeura un fonctionnaire intègre. Le crapaud qui, lui, nage en vain dans ses eaux, est un symbole de cupidité impuissante.
4. Réminiscence d'un *waka* de la grande poétesse Ono no Komachi (ix<sup>e</sup> s.) : « Tandis que je me morfonds, / de ma vie, herbe flottante, / la tige s'est brisée ; / si le courant m'y invitait, / au loin je vous suivrais » (*Recueil de poèmes anciens et modernes*, n° 938).

aussi n'a-t-il jamais pu se résoudre à se jeter dans un gouffre. Cette sensibilité qui ne lui sert à rien, c'est à contrecœur qu'il la possède, aussi les ronces de la peine prolifèrent-elles dans sa tristesse. Au printemps, il cueille des fougères, évitant ainsi la faim qui le guette : n'étant pas un sage comme Boyi[5], nul n'y prête attention. En automne, il cueille des fruits et soigne ainsi la maladie de la pauvreté : même les remèdes de maître Hua[6] ne guérissent pas de l'inanition. Pendant la période la plus chaude de l'été, il essuie sa sueur et ne souffre point : un éventail à la main, il est extrêmement aisé de se rafraîchir. Mais « des neiges immaculées du sombre hiver »[7] il ne peut se préserver : sans vêtement sur le corps, nul moyen de se protéger du froid. N'ayant point recueilli de lucioles pour étudier à leur lumière[8],

5. Boyi et son frère Shuqi, qui vécurent sous la dynastie Shang ou Yin (1765-1122 av. J.-C.), font partie de la légende confucéenne. Anne Cheng (*Entretiens de Confucius*, p. 53) nous rappelle : « Ils se firent d'abord remarquer comme exemples de suprême courtoisie en voulant se céder mutuellement le fief dont ils avaient hérité et en l'abandonnant d'un commun accord afin de vivre ensemble. [Ils se cachèrent ensuite sur le mont Shouyang où ils se nourrissaient de fougères qu'ils cueillaient]. [...] Malgré les torts qu'ils avaient soufferts du dernier tyran des Yin, les deux frères refusèrent de prendre les armes contre lui, et préférèrent se laisser mourir de faim plutôt que de trahir leur dynastie ». Voir également Sima Qian, *Mémoires historiques, Vies de Chinois illustres*, trad. J. Pimpaneau, p. 35-39.
6. Célèbre médecin chinois (voir *infra*, n. 140).
7. Expression empruntée à un distique en chinois de Minamoto no Shitagô (911-983) inclus dans le *Recueil de poèmes à chanter en chinois et en japonais*, n° 424.
8. Allusion à une légende chinoise selon laquelle le pauvre Che Yin, n'ayant pas de lampe, étudiait à la lumière des lucioles.

il est comme aveugle ; dès lors, quelle visée fortifiera sa détermination ? Ne pouvant puiser de vin dans un tonneau, son cœur est toujours en éveil ; comment, alors, oublier sa tristesse ?

Tandis que je vis de la sorte, jours et mois coulent comme un torrent et ma vie touche à l'abîme. J'ai beau tenter d'en retenir le cours, nul moyen d'y parvenir, et la roue de ma cinquantaine dévale la pente, roule le matin, roule le soir : jours et mois passent aussi vite que le plus rapide des coursiers aperçu à travers une fente[9]. Face à mon reflet dans le miroir, j'ai honte de ce vieillard inconnu. Je saisis une pince à épiler, et m'émeus de mes cheveux blancs. Sur mon chef, ce sont comme des plumes de grue annonciatrices de la vieillesse, qui souvent m'effraient ; dans ma barbe, ce sont comme des fleurs abhorrant le givre qui soudain se dépose. L'effroi devant ces plumes de grue, la détestation de ce givre m'ont rapidement gagné, ce qui a finalement éveillé en moi le désir de me faire moine et de mettre ma confiance dans le Bouddha. J'ai rejeté toute idée de réputation et de profit, et si dans le bosquet luxuriant les fleurs des ambitions humaines sont tombées, on est en droit d'attendre que les fruits de l'arbre de l'Éveil arrivent à maturité. J'ai revêtu la tenue de fibres de

9. Expression figurant dans les *Mémoires historiques* de Sima Qian (c. 145–c. 86 av. J.-C.) et devenue proverbiale en Chine.

puéraire, et si du fait de mes pratiques d'austérité la couleur de cet habit religieux devient plus profonde, sans doute pourrai-je atteindre l'Éveil et découvrir le joyau cousu dans mon vêtement[10]. Moi, tel la rosée de l'aube et du crépuscule, je puis me poser dans les herbes à l'ombre des montagnes, mais, tel la brume du matin, l'espoir de m'élever dans le monde s'est dissipé ; il est vain pour moi de lever les yeux vers le ciel. La voie qui m'a amené à détester le monde est la pauvreté, mais je néglige bien souvent d'invoquer le Bouddha. Je m'étais certes promis de suivre les « quatre nobles inconditionnés (*mu.i*)[11] », mais me suis contenté de l'ascèse. Je hais le phénomène conditionné (*u.i*) qui veut que je sois impermanent, aussi, faible que je suis, me hâté-je de pratiquer la méditation assise. Après tout, le vin de Zengzhe[12] n'enivrait-il pas les gens ? chose

10. Allusion à une parabole du Sûtra du Lotus (chapitre 8, trad. J.-N. Robert, p. 202) : l'ami riche d'un homme pauvre coud, pendant son sommeil, une perle sans prix dans la doublure de son habit. L'autre, qui ne s'en est pas aperçu, poursuit une vie de mendicité. La perle représente la part de bouddhéité que chacun porte en soi sans le savoir.
11. À savoir : le Bouddha historique (*butsu*), les bodhisattva (*bosatsu*), les auditeurs (*shômon*) et les « Buddhas solitaires » (*engaku*) (c'est-à-dire devenus Buddhas sans recevoir l'enseignement d'autrui). Ils échappent donc à la loi des causes et des effets caractérisant notre monde.
12. Fils de Zengzi (c. 505-436 av. J-C. ?), disciple de Confucius. Dans le *Mencius* on peut lire : « Zengzhe, soignant son père Zengzi, ne manquait jamais de lui servir du vin et de la viande » (trad. S. Couvreur, *Œuvres de Meng Tseu*, in *Les Quatre Livres de la sagesse chinoise*, p. 327 ; la transcription des noms propres a été convertie en pinyin). Zengzhe et Zihan sont cités ici comme modèles de vertu.

bien vaine… Et le trésor de Zihan[13], n'est-ce pas en son propre cœur qu'il prenait plaisir à le conserver ? Moi, je n'ai point de sapèques et en m'aidant d'une canne je marche sur la route que le destin m'a tracée. Je n'ai pas non plus de riz, mais j'étanche ma soif en rinçant ma bouche avec de l'eau, ce présent de la terre. Pour un ventre vide, un bol de gruau avalé quand la faim vous tenaille redouble de saveur. Même un vêtement fait de cent pièces de papier fin cousues, quand il est porté par temps froid, suffit à réchauffer le corps. Arborant un chapeau fait de lanières d'écorce de cyprès tressées, j'ai quitté le monde. Des sandales de paille pour tout véhicule, j'emprunte la voie de l'érémitisme.

Or donc, la ville de Kamakura, dans la province de Sagami, est en ce bas monde le Jardin-aux-Cerfs-amers d'Indra[14] ; c'est la province de Yan[15] de notre pays. Les généraux y sont aussi nombreux que les arbres d'une

13. Fonctionnaire vertueux du pays de Song à l'époque des Printemps et Automnes (entre -450 et -221), Zihan se vit offrir une somme d'argent par quelqu'un qui tentait de le soudoyer. Il refusa et lui dit : « Ce que je considère comme mon trésor, c'est de n'avoir point de convoitise », et il se démit de sa fonction. Cette histoire figure dans le *Mengqiu*, recueil d'anecdotes édifiantes destinées aux enfants, compilé par Li Han, auteur de l'époque des Tang (618-907).
14. Dans ce jardin, l'un des quatre situés à l'extérieur du palais du roi des dieux Indra (Taishakuten en japonais), les armes et armures nécessaires au combat apparaissaient d'elles-mêmes.
15. Province où l'empereur Dezong (742-805) des Tang fit bâtir un solide mur d'enceinte qui permit d'éviter une invasion.

forêt, et par myriades s'épanouissent les fleurs de la gloire ; les guerriers valeureux excellent dans la voie des armes et cent fois de leurs flèches atteignent la feuille de saule placée à cent pas[16]. Leur arc ressemble à la lune de l'aube : quand ils le bandent, on dirait qu'elle illumine leur poitrine[17] ; leur sabre est semblable au givre d'automne, la lame de trois pieds qui pend à leur flanc est glacée[18]. Une armée victorieuse se sert de ses ongles comme boucliers et vainc l'ennemi au corps à corps. Les trois armes[19] des guerriers féroces et puissants ont obéi à leur bras, et mutuellement ils exaltent leur virilité. Leur puissance guerrière force le respect et même les ennemis violents, ces rapaces, ne se risquent point à les affronter. Condamnations à mort, châtiments sont si sévères que les scélérats – tigres et loups – ont depuis longtemps disparu. C'est pourquoi dans ce pays les rameaux printaniers, caressés par

16. Allusion au célèbre archer chinois Yang Youji (?-?) qui, selon les *Mémoires historiques* de Sima Qian, a, cent fois de suite, atteint de sa flèche une feuille de saule placée à cent pas de lui.
17. Allusion aux vers de Lu Hui (?-?) figurant dans la section « Généraux » (n° 682) du *Recueil de poèmes à chanter* : « Son sabre de trois pieds à l'éclat glacial en main, [il protège l'empire]. À la force de son arc bandé, demi-lune devant sa poitrine, [il mate les révoltes] ».
18. Allusion aux vers en chinois de Minamoto no Shitagô figurant dans la section « Généraux » (n° 687) du *Recueil de poèmes à chanter* : « Son sabre valeureux, il le porte au côté ; quand il le tire de son fourreau, ce sont trois pieds de givre d'automne ».
19. À savoir l'arc, le sabre et le bouclier.

la brise orientale[20], donnent plus de fruits et, sur les quatre mers, bruissent limpides les vagues illuminées par le soleil de l'Est[21]. Sur les routes que parcourent en tous sens grands et petits, hommes et femmes, les nombreux relais se succèdent continûment ; rites de cour et action politique pour régler guerre et paix sont menés avec la précision du tisserand penché sur son métier. Moi, stupide mouton, j'ai vécu toutes ces années en n'y prêtant qu'une oreille distraite. Combien de jours ai-je donc passés à n'en parler que du bout des lèvres ? Je n'ai fait que manœuvrer la rame sur l'esquif imaginaire de mon cœur et n'ai pas encore plongé mon aviron dans les vagues de la route marine aux dix mille lieues. J'y laissais libre cours à mes chimères, mais ne m'étais point encore aventuré jusqu'aux nuages lointains, au-delà des monts et des barrières. C'est pourquoi, aujourd'hui, profitant d'une occasion providentielle, je me suis soudain résolu à entreprendre seul ce long voyage.

C'est la deuxième année de Jôô (1223), dans la première décade du quatrième mois, qu'un beau

---

20. La « brise orientale » et, plus loin, le « soleil de l'Est » sont deux métaphores désignant le gouvernement militaire de Kamakura dont l'auteur loue l'action bénéfique sur le pays.
21. Cette phrase signifie, en d'autres termes, que, grâce au gouvernement militaire de Kamakura dans l'est du Japon, le peuple connaît partout une plus grande aisance et vit en paix.

matin, à la cinquième veille[22], je pris la route. La maison que jusqu'à hier encore je détestais, m'y sentant malheureux, aujourd'hui il me coûtait de la quitter ; alors que pendant un moment j'hésitais à partir, sonna la cloche de l'aube : comme le jour allait se lever, ne pouvant plus surseoir, je me mis en route[23].

Alors que je tournais vers le sud dans le chemin creux d'Awataguchi, me dirigeant vers le mont Ausaka, la pagode à neuf étages, au nord, disparut de ma vue[24]. Lorsque je descendis la côte Matsuzaka – la Côte aux Pins – j'allumai une torche de ce bois, et c'est à l'aube que je traversai la passe de la rivière Shinomiya[25]. Une fois franchie Koseki – la Petite Barrière –, je me dirige vers la baie d'Ôtsu. Quand je me retourne pour voir, à ma gauche, le Temple-de-la-barrière[26], les statues des gardiens de la porte ont une expression courroucée et des yeux exorbités ; lorsque je traverse vers l'est le pont

22. Soit entre deux heures et quatre heures du matin.
23. Dans le développement qui suit, l'auteur procède à un survol de la route parcourue jusqu'à Kamakura, en en mentionnant quelques étapes, avant de reprendre par le menu la relation de ce voyage. Nous ne glosons donc pas ici tous les toponymes.
24. Il s'agit de la pagode du temple Hosshô-ji, fondé en 1077 par l'empereur Shirakawa et aujourd'hui disparu. Ce temple se trouvait à l'est de la capitale.
25. Rivière qui prend sa source sur le mont Nagara (dans l'actuelle ville d'Ôtsu, département de Shiga) et se jette dans la rivière Otowa (qui coule dans l'actuel département d'Aichi).
26. Le Seki-dera, qui s'élevait à proximité de la barrière d'Ausaka, située à la frontière entre les anciennes provinces de Yamashiro (où se trouvait la capitale) et d'Ômi.

de Seta[27], de blanches vagues déferlent, spectacle qui me glace. Alors que je contemple un bateau voguant sur le lac, mon cœur s'échappe vers le large, mais dans la lande je presse mon cheval et fais siffler ma cravache.

Peu à peu, je me trouve très loin de la capitale. Devant moi, je distingue faiblement une forêt dont les cimes me semblent être des bourses à pasteur[28] ; sur la route derrière moi s'éloignent les montagnes : plus rien que les blancs nuages recouvrant mes traces[29]. Déjà le soleil du soir s'est couché et dans le noir la pluie frappe sans trêve mon chapeau. Je tords ma manche et fais pour la première fois l'expérience de la mélancolie du voyage. Entre-temps, je dors dans une auberge de montagne et repars dans la rosée ; le spectacle de l'aube est empreint de tristesse ; je fais étape au bord de l'eau et reprends la route par un matin de vent ; le soir, mes pensées sont profondément mélancoliques. Il y a des pins, et puis

27. À la pointe méridionale du lac d'Ômi, aujourd'hui lac Biwa, à quelques kilomètres au sud d'Ôtsu. Le pont franchit la rivière Seta qui, sortant du lac à cet endroit, prendra dans son cours inférieur le nom de Yodo-gawa. Le grand pont de Seta (*Seta no naga-hashi*) était l'un des plus célèbres du Japon.
28. *Capsella bursa-pastoris*, plante herbacée de 10 à 40 cm de hauteur ; l'une des sept plantes du printemps selon la tradition japonaise. L'auteur fait ici allusion aux vers en chinois de Minamoto no Shitagô figurant dans la section « Points de vue » (n° 626) du *Recueil de poèmes à chanter* : « Lorsque [du haut d'une colline] je contemple au loin la capitale [Heian-kyô, semblable à] Chang'an, [les arbres semblent être] des milliers de vertes bourses à pasteur ».
29. Allusion aux vers anonymes figurant dans la section « Nuages » (n° 404) du *Recueil de poèmes à chanter* : « [Le voyageur est parti] vers les montagnes lointaines et les nuages qui s'élèvent ont recouvert ses traces ».

encore des pins : la brume tantôt haute, tantôt basse, couvre le chemin enfoui sous mille rochers imposants ; ma route domine la mer et puis encore la mer : les vagues tantôt grosses tantôt courtes se brisent sur la longue digue de la grève. Sur le pont de Hamana, je fais un vœu et formule mes intentions[30]. Au poste de garde de la barrière de Kiyomi, je laisse mes regrets sans fin et reprends la route.

Comme je cherche des yeux la fumée au sommet du mont Fuji, je vois qu'y loge encore la neige de l'an passé et qu'un nuage solitaire y demeure immobile ; arrivé sur le chemin couvert de lierre du mont Utsu, je repense comme en rêve à cet ancien récit[31], mais le bruit du vent m'éveille. Au pied de chaque arbre une verte courtine est suspendue, qui adoucit les souffrances du visiteur ; à chaque étape un nouvel oreiller d'herbes est installé, qui favorise le sommeil du voyageur. Plus j'avance sur la route, et plus les torrents dans la montagne comme

30. Pratique inspirée, semble-t-il, par le *Mengqiu* (cf. *supra*, note 13). Dans l'anecdote intitulée « Xiangru écrit sur un pont » on lit que Sima Xiangru, fonctionnaire ayant fait une belle carrière, avait inscrit sur le pont de Shengxian : « Que je ne passe pas une seconde fois sur ce pont sans avoir connu le succès et sans être monté dans une superbe voiture à cheval ». Il revint dans son pays comblé d'honneurs. Sur le pont de Hamana, voir *infra*, n. 86.
31. Allusion au chapitre 9 des *Contes d'Ise* – texte anonyme du Xe siècle – où l'on peut lire : « Arrivés au mont Utsu, le chemin qu'ils suivaient devint très sombre et étroit, encombré de lierres et d'érables ; ils se sentirent mélancoliques et se demandèrent anxieusement ce qui les attendait ». Cf. trad. G. Renondeau, p. 29.

les digues dans les plaines font des paysages sublimes, qui se succèdent et se succèdent, et l'émotion ressentie à la vue des villages de pêcheurs et des hameaux dans les bois prolonge ma vie.

Cette route est-elle la plus intéressante des quatre[32]? Ou bien est-ce dû au fait qu'il s'agit de mon premier voyage solitaire conçu comme une ascèse? Même les voyageurs de longtemps habitués à cette route ne peuvent rester indifférents aux paysages; à plus forte raison, moi qui la parcours pour la première fois, je puis difficilement contenir mon émotion. À cette émotion, il arrive que se mêle de la tristesse. Car j'ai promis à madame ma mère, que le grand âge a rendue semblable à une enfant, que je la reverrais, serment que je ne suis pas sûr d'honorer. Quel fils indigne je fais! Monté sur un nuage flottant, je m'égare dans le ciel du voyage; ma vie, rosée du matin, je la confie au vent qui me pousse dans mon errance.

Les gens qui parcourent la route avec moi, je ne les connais point, et même si nous échangeons quelques propos aimables, nous finissons par nous séparer. Parti depuis plus de dix jours pour ce long voyage, je suis fourbu et l'épuisement me fait constamment souffrir.

---

32.  L'auteur évoque sans doute ici les quatre grandes routes qui rayonnent de la capitale : le Tôkaidô (qu'il emprunte vers l'est), le Horurikudô (vers le nord), le Saikaidô (vers le Kyûshû) et, enfin, le Nankaidô (vers le Shikoku).

Arrivé à la plage de Yuigahama[33], je m'y repose trois heures, ce qui me détend un moment. À son heure, le soleil, fleur de nénuphar, plonge à l'ouest ; je songe alors avec nostalgie à ma ville[34] et fonde l'espoir de la revoir un jour, puis la lune, fleur de cannelier, s'épanouit à l'est, et les sentiments que j'éprouve alors que je tourne les yeux vers une autre cité, me serrent le cœur. C'est pourquoi je compose des poèmes de trente et une syllabes dans lesquels j'exprime les mille pensées et les dix mille souvenirs que m'inspire le voyage. En fait, je n'ai point dans ce récit privilégié la prose, et ne l'ai point, non plus, fondé sur les poèmes ; j'ai simplement noté les émotions ressenties à la vue de certains sites. Que le lecteur veuille bien en pardonner les faiblesses.

Le quatrième jour du quatrième mois[35], à l'aurore, je quitte la capitale. Dès le matin en butte à la pluie, je fais halte un moment de ce côté-ci du pont de Seta[36], et c'est misérablement que je reprends la route. Comme mes pensées demeurent auprès de cette personne

33. La plage de Kamakura.
34. La capitale Heian-kyô
35. De la 2e année de Jôô. Dans notre calendrier, le 5 mai 1223. L'auteur reprend ici l'itinéraire à son début.
36. Voir plus haut, n. 27.

avancée en âge[37] que j'ai laissée seule et qui ne sait de quoi seront faits aujourd'hui et demain, je compose :

| | |
|---|---|
| *Omohi-oku* | Si le destin veut |
| *hito ni ahumi no* | que je revoie celle auprès de qui |
| *chigiri araba* | demeurent mes pensées – Ômi[38] – |
| *ima kaheri-kon* | je ne tarderai pas à m'en retourner |
| *Seta no nagamichi* | longue route de Seta |

Une fois passé le pont, la pluie redouble, si bien que les herbes du chemin à travers la lande sont lourdes de gouttelettes. Sur un quart de lieue, on prend par les étroites levées qui séparent les rizières, aussi chacun doit-il se serrer sur le côté pour laisser passage à ceux qui viennent. À la traversée d'un hameau, un chien étrange harcèle de ses aboiements[39] l'inconnu que je suis. Voilà qu'aujourd'hui, à ce ciel de voyage si nouveau pour moi, vient s'ajouter une violente pluie, et j'ai tout à coup le sentiment que même mon cœur se trouve ennuagé :

37. Pour certains commentateurs, il s'agirait de sa mère.
38. L'auteur joue sur l'homophonie partielle du nom du lac d'Ômi (Ahumi), aujourd'hui lac Biwa, avec le verbe *ahu*, « rencontrer », ici « revoir », ainsi qu'avec le substantif *mi* dans l'expression *mi no chigiri* : « destin ». Sur le procédé du « mot-pivot » (*kake-kotoba*), voir S. Terada, *Figures poétiques japonaises*, p. 191 *sq.*
39. Cette notation pittoresque fait allusion à deux vers en chinois de Miyako no Yoshika (834-879) dans le *Recueil de poèmes à chanter*, n° 544 : « Un chien étrange aboie aux fleurs, et sa voix résonne dans la Baie aux pêchers rouges ».

> *Tabi-goromo*
> *mada ki mo narenu*
> *sode no uhe ni*
> *nurubeki mono to*
> *ame ha hurikinu*
>
> Vêtement de voyage
> si nouveau pour moi :
> elle en veut mouiller
> la manche
> cette pluie soudaine[40]

Je traverse les rizières, je traverse les hameaux, je vais toujours plus loin, quand des paysans qui, en ligne, retournent à la houe la terre des rizières en friche, font entendre une chanson qui rappelle le cri des oies sauvages passant dans le ciel. (Quand ils retournent les rizières, ils se tiennent alignés et, ensemble, lèvent leur houe et en frappent le sol tout en chantant.) À voir, devant une maison, un groupe de paysannes arracher des prêles dans l'eau d'une rizière, malgré moi je mouille aussi ma manche[41]. Sur le bord du ruisseau qui coule derrière la maison, le vent s'est levé dans les saules et ébouriffe les plumes dont se revêt l'aigrette ; sur la haie où s'ouvre une porte de bambous, les corolles des deutzies s'entremêlent et le coucou de

---

40. Comme le veut la convention, une manche mouillée connote les larmes.
41. Il s'agit des éléocharis : *egu* ou *kuroguwai*, plante poussant dans les endroits marécageux, dont les jeunes pousses et les tubercules sont comestibles (cf. Cl. Peronny, *Les Plantes du Man.yô-shû*, p. 197). Le voyageur verse des pleurs de compassion. Cette expression semble reprendre un poème anonyme du *Recueil de poèmes sélectionnés postérieurement* (« Printemps », n° 37) : « Pour toi / j'ai voulu cueillir l'éléocharis / dans l'étang des rizières de montagne : / j'ai mouillé ma manche / qui n'a pas encore séché ».

montagne fait entendre un chant timide. Ainsi, les yeux tournés vers le lointain mont Mikami, je traverse la Yasu-gawa[42].

| | |
|---|---|
| *Ikani shite* | Comment y vivre ? / Comment se fait-il |
| *sumu Yasu-gawa no* | qu'elles soient si claires, |
| *midzu naramu* | les eaux de la Yasu-gawa – Rivière aisée – ? |
| *yo wataru bakari* | alors que rien n'est si pénible |
| *kurushiki ya aru* | que la traversée du monde… |

Une fois passé le lieu dit Wakasugi, je franchis le mont Yokota[43]. À ce que j'ai ouï dire, c'est un endroit où, à la lueur nacrée des étoiles, apparaissent les habitants des Vertes forêts qui arrêtent les voyageurs[44] ; aussi, ne voyant là rien à gagner, je presse le pas.

| | |
|---|---|
| *Haya sugiyo* | Passe vite ton chemin ! |
| *hito no kokoro mo* | Le cœur des habitants |
| *Yokota-yama* | n'y est pas droit[45] / mont Yokota : |
| *midori no hayashi* | sous le couvert des arbres |
| *kage ni kakurete* | de la verte forêt, ils se cachent |

42. Le mont Mikami (« Les trois hauteurs ») est une éminence de quelques 430 m, aujourd'hui dans la ville de Yasu (département de Shiga). Il est appelé « le Fuji du Shiga ». La Yasu-gawa, qui coule d'est en ouest sur une longueur de quelques 100 km, se jette dans le lac Biwa.
43. Ni Wakasugi ni le mont Yokota n'ont été localisés.
44. Cette phrase fait référence à une tradition chinoise : le mont Lulinshan (littéralement « Verte forêt ») aurait été infesté de brigands.
45. L'auteur joue sur le nom de la montagne, *yoko* pouvant signifier « oblique, de travers ».

Cette nuit, je fais halte au lieu dit Ôoka. Voilà des années que, persuadé que ce monde ne saurait me satisfaire, j'ai rasé ma chevelure : me retrouver maintenant sur la couche du voyageur me serre le cœur. Si « la pluie nocturne sur la hutte de branchages au mont Lushan »[46] revêt, grâce aux vers de Lotian, un charme pénétrant, la pluie nocturne sur la rustique auberge de ce mont Ôoka inspire au moine obtus que je suis un poème dont la platitude fait rougir.

| | |
|---|---|
| *Sumizome no* | Mon noir vêtement, |
| *koromo katashiki* | j'ai étendu pour dormir, |
| *tabi-ne shitsu* | voyageur solitaire ; |
| *itsushika ihe wo* | que j'ai soudain quitté ma demeure |
| *idzuru shirushi ni* | il en est le signe[47] |

Le cinquième jour, je quitte Ôoka et pousse plus avant ; passant les lieux dits Uchi no shira-kawa, Soto no shira-kawa, j'atteins le mont Suzuka[48]. Au cœur de la montagne, on passe dans le pays d'Ise. Les monts dont s'étagent les sommets pointent vers les nuées : à les

46. Cette expression est une citation littérale d'un vers chinois de Bai Juyi (Lotian) (772-846) recueilli dans les *Recueil de poèmes à chanter* (n° 555).

47. L'expression *ihe wo idzu*, qui calque le sino-japonais *shukke*, signifie à la fois quitter son logis et renoncer l'état de laïc. Rappelons que l'itinérance était considérée à l'époque comme l'idéal de la vie monacale.

48. L'Uchi no shira-kawa désignerait le cours supérieur de la Yasu-gawa ; la Soto no shira-kawa, l'actuelle Tsuchiyama-gawa. Le mont Suzuka, à la frontière de l'Ômi et de l'Ise, est un lieu célèbre chanté en poésie.

franchir, on dirait un paravent haut de mille pieds qui se déploierait feuille après feuille. Les denses frondaisons exhalent leur haleine qui, tandis qu'on avance, s'épaissit toujours davantage, telle un rideau large de dix mille brasses. Sur les sommets, le vent dans les pins résonne de tous côtés : on croit voir la danse de Jikang[49] sans cesse répétée ; dans la forêt, les fleurs persistent ici et là parmi les feuilles, brocart des gens du pays de Shu en lambeaux dispersé. Mais ce n'est pas tout. La déesse de la montagne a teint ses parures d'été couleur de jade et les a suspendues aux plus hautes branches. Les esprits des arbres font écho aux oiseaux des vallées. Le sentier qui serpente se fait plus escarpé, mon cheval épuisé bute sur les pierres. Ici, une seule montagne recèle en son sein de multiples montagnes : mille rocs amoncelés en pics obstruent la vue. Un seul torrent qui ruisselle se divise en cent ruisseaux : les voyageurs avancent les pieds trempés. J'ai beau franchir les monts, j'ai beau traverser les cours d'eau, alors que je suis le bon chemin, je n'ai toujours pas atteint la moitié de ma route de dix mille lieues.

| | |
|---|---|
| *Suzuka-gaha* | Rivière Suzuka ! |
| *hurusato tohoku* | Dans l'onde qui s'écoule |
| *yuku midzu ni* | pour se perdre au loin / loin de mon pays natal |

49. Il s'agit de l'un des fameux « Sept Sages de la Forêt de bambous ».

<table>
<tr><td>nurete iku-se no</td><td>mouillant mes pieds, combien de ruisseaux</td></tr>
<tr><td>nami wo wataran</td><td>devrai-je encore franchir ?</td></tr>
</table>

Au crépuscule du soir, je m'arrête à la barrière de Suzuka. Le croissant de lune s'accroche au sommet de la montagne. Son arc impuissant menace en vain la route des oies sauvages. Le torrent dévale, se précipite dans la vallée. Tel un trait rapide, il frappe les rochers qui semblent des tigres. C'est ici, à l'étape, que je passe déjà une nouvelle nuit de voyage ; je me fais un oreiller en nouant des herbes : lien venu d'une autre existence. À l'aurore, ma robe de moine est glacée. J'installe ma natte de paille sur la mousse au pied d'un rocher. Le pin, qui étend ses branches telle la vertu de l'homme de bien, formerait un ciel au-dessus de moi, mais, comme le bambou est appelé notre ami[50], c'est à l'abri d'un bosquet que je me couche pour attendre le jour.

<table>
<tr><td>Suzuka-yama</td><td>En chemin vers le mont Suzuka</td></tr>
<tr><td>sashite hurusato</td><td>je m'endors en songeant</td></tr>
<tr><td>omohi-ne no</td><td>au pays natal</td></tr>
<tr><td>yumedji no suwe ni</td><td>et au terme du chemin des rêves</td></tr>
<tr><td>miyako wo zo tohu</td><td>me voici à la capitale</td></tr>
</table>

50. Les expressions qui qualifient ici le pin et le bambou sont empruntées aux *Recueil de poèmes à chanter*.

Le sixième jour. N'étant pas l'un des cinq cavaliers de l'entourage du seigneur Mengchang, je me mets en route au chant du coq, qui me rappelle Hangu[51]. Ayant franchi la moitié du chemin de montagne, alors que je commence enfin à descendre, des rochers se dressent comme autant de panneaux de porte. Telle est la demeure de « l'homme d'humanité » : il y jouit du repos et du bonheur. Dans la vallée un torrent a creusé un lit profond. Tel est le séjour de « l'homme d'intelligence » : l'eau, toujours en mouvement, n'en reste pas moins abondante[52]. Je parviens à un village et suis un chemin entre les rizières. Je regarde à droite, je regarde à gauche : bien délimitées, elles s'étendent à perte de vue. Certaines sont labourées, d'autres ne le sont pas encore. Ici et là on voit des plants repiqués dans des parcelles inondées. En outre, par endroits, on met en eau des rigoles ; les villageois débattent pour obtenir la quantité d'eau dont ils ont besoin. Les champs se succèdent séparés par des diguettes et chacun de repiquer les plants à son gré.

51. Mengchang (?-279), petit-fils du roi Wei de Qi. Il est fait ici allusion à l'épisode célèbre, où il parvint à s'échapper du royaume de Qin grâce à l'un de ses hommes, capable d'imiter le cri du coq. Ainsi il se fit ouvrir la barrière de Hangu, fermée la nuit, et regagna le royaume de Qi.
52. *Entretiens de Confucius*, VI, 21 : « À l'homme d'intelligence plaît l'eau, à l'homme de *ren* (humanité), la montagne. À l'un le mouvement, à l'autre le repos. L'homme d'intelligence vit heureux, l'homme de *ren* vit longtemps » (trad. A. Cheng, p.59).

Les fumées qui s'élèvent des maisons témoignent de la chaleureuse et paternelle sollicitude du souverain. La vertu de la voie royale se déploie grâce aux travaux de la terre, où s'active le peuple, ses enfants. Le dragon des eaux est depuis toujours la divinité protectrice des céréales : c'est lui qui apporte les pluies d'été. L'éclair, depuis les origines, engendre de nombreux épis : on attend les trois mois de l'automne. Les travaux du printemps invitent à l'effort ; l'impôt en riz à l'automne promet d'être abondant. Les châtiments de Liukuan tombés en désuétude, les verges de roseaux, inutilisées, sont certainement devenues lucioles[53].

| | |
|---|---|
| *Nahashiro no* | Reflétées dans l'eau |
| *midzu ni utsurite* | des rizières inondées |
| *miyuru kana* | elles se montrent à nous ! |
| *inaba no kumo no* | Les nuées d'épis de riz |
| *aki no omokage* | image de l'automne |

À mesure que passent les jours, je suis saisi de nostalgie pour mon pays natal. Si je m'arrête et me

---

53. Liukuan : fonctionnaire provincial, de l'époque des Han orientaux (25-220), né dans la province du Henan. Célèbre pour sa mansuétude, il faisait administrer à ses subordonnés fautifs des verges de roseaux pour les punir par la honte plutôt que par la douleur. Par ailleurs, on croyait en Chine que les lucioles naissaient de la décomposition des herbes. L'expression est empruntée à un vers en chinois d'Ono no Kunikaze (?-?) inclus dans le *Recueil de poèmes à chanter* (n° 663) : « Les roseaux servant à administrer les verges se décomposent, s'en vont inutiles sous forme de lucioles ».

retourne pour voir le chemin parcouru, où sont les montagnes, où sont les rivières ? Seuls sont visibles les nuages. Alors que le soleil chaque matin se lève et chaque soir se couche, que sa lumière me permet de distinguer l'Orient de l'Occident, moi qui au crépuscule m'arrête et à l'aube reprends la route, je ne peux me persuader que le cours des jours et des nuits a le destin éphémère de la rosée[54] : tout naturellement, à force d'enchaîner les pas, je finirai par en faire dix mille. Et comme la distance n'est pas infinie, je suis confiant dans mon retour. Mais quelle pitié, quand, au milieu d'un voyage si lointain, je pense avec angoisse au chemin déjà parcouru depuis la capitale, au chemin encore à parcourir :

| | |
|---|---|
| *Hurusato wo* | Quittant mon pays natal |
| *yama no idzuku ni* | quelles montagnes ai-je franchies |
| *hedate kinu* | pour venir jusqu'ici ? |
| *miyako no sora wo* | Les nuages blancs ont enseveli |
| *udzumu shirakumo* | le ciel de la capitale |

La nuit tombée, je m'arrête au lieu dit Ichigae. À mes pieds, je contemple la mer, formant une baie où s'ébat le peuple protégé par le seigneur des eaux. Si je me retourne et lève les yeux, les pics se dressent, le

---

54. Traditionnellement, le voyage est conçu comme l'expérience de la mort.

vent peigne la chevelure de la divinité de la montagne. Les vagues sombres qui frappent les rochers du rivage scintillent de mille rais de lumière. À l'aube le cri de l'écureuil volant brise mon rêve sur l'oreiller solitaire. À rester en ce lieu, le cœur jouit de la solitude et connaît la sérénité, mais quand le jour se lève, me laissant entraîner par mes compagnons, je reprends la route.

| | |
|---|---|
| *Matsu ga ne no* | Au pied des pins |
| *iha shiku iso no* | un rocher de la grève j'ai pris |
| *namimakura* | pour oreiller : les vagues |
| *hushinarete mo ya* | tremperont-elles ma manche |
| *sode ni kakaran* | en cette nouvelle nuit de voyage ? |

Le septième jour, je quitte Ichigae et, m'embarquant au lieu dit Passage de Tsushima, je descends la rivière. Les jeunes pousses de roseaux verdoient tout à l'entour : les chevaux, sans même qu'on les attache, ne s'éloignent pas[55]. Les vagues agitent les feuilles flottantes des macres sans paraître troubler l'indifférence imperturbable des grenouilles. L'eau soulevée par la perche éclabousse ma manche.

| | |
|---|---|
| *Sashite mono wo* | Sans même y penser |
| *omohu to nashi ni* | il plonge la rame |

55. Citation d'un poème de Minamoto no Shun.e (1113-1190) : « Marais / où bourgeonne à l'entour / la zizanie : / les chevaux, sans même qu'on les attache, / ne s'éloignent pas » (*Recueil des fleurs de mots*, n° 12).

La traversée accomplie, je passe dans la province d'Owari. Les rayons du soleil matinal pénètrent jusqu'au pied de la colline. Au-dessus des prairies, dont on brûle l'herbe en hiver, l'alouette crie haut dans le ciel. Des chevaux s'ébattent dans une lande couverte de bambous nains. Quelle différence avec la placidité de ceux que j'ai aperçus tout à l'heure !

Dans un enclos je vois des mûriers. Sous les mûriers s'élève une maison. Dans la maison une femme aux cheveux en désordre, penchée sur des claies, s'affaire auprès des vers à soie. Dans l'enclos, un vieillard décrépit cultive la terre à coups de bêche. Même les jeunes enfants, aux cheveux coupés au-dessus des épaules, ne songent guère à s'exercer à écrire et n'ont d'autre idée que de travailler en pataugeant dans la boue. Je suis touché de les voir apprendre ainsi le métier dès l'âge le plus tendre ! Alors qu'ils ne reçoivent pas d'enseignements de leurs aînés, ne dirait-on pas que la vertu de piété filiale leur vient spontanément ?

*natsubiki no*       où l'on file la soie
*itokenaki ko mo*    même les jeunes enfants
*ashi hijinikeri*      ont les pieds dans la boue

Quand apparaît la lueur d'une pâle lune, chacun prend son repos dans les auberges ; aussi m'arrêtai-je à l'étape de Kayatsu pour y établir ma fruste couche.

Le huitième jour, je quitte Kayatsu et arrive à la baie de Narumi. Comme je passe devant le sanctuaire d'Atsuta[56], je m'agenouille pour vénérer les bouddhas qui firent ici descendre leur trace, se manifestant pour le profit des êtres vivants ; j'incline la tête à deux reprises, en y mettant tout mon cœur et leur adressant d'humbles prières. Demeurant un moment tourné vers le portique, je contemple cet accès au Principe immuable des choses, si bien que l'aire où se manifestent les bouddhas se mue mystérieusement en la Cité de la paisible clarté[57]. Ces édifices ont vieilli sous le givre ; dans le ciel, au-dessus de leurs tuiles,

---

56. Sanctuaire aujourd'hui englobé dans la ville de Nagoya. On y vénère notamment le dieu Susanoo no mikoto. Tout le développement qui suit repose sur « la doctrine, courante en ce temps dans le syncrétisme shintô-bouddhique, du *honji-suijaku*, qui faisait des divinités de la vieille croyance locale les "traces qu'avaient laissé descendre" (*suijaku*) les bouddhas et *bodhisattva*, définis comme leurs "états – ou corps – originels" (*honji*) » (B. Frank, *Amour, colère, couleur*, p. 163).
57. L'un des paradis où résident les bouddhas (*jakkô no miyako*).

mugit le vent qui balaie les pins, mais l'efficace des dieux et des bouddhas chaque jour se renouvelle et dans le cœur des hommes la sérénité s'épanouit comme fleurs au printemps. Mieux encore : les hautes branches du bosquet ploient et couvrent d'un dais le faîte du sanctuaire ; l'or précieux adorne le bord de l'avant-toit et un majestueux brocart en illumine la façade.

En dépit de ma joie à voir aujourd'hui se nouer le lien par lequel les bouddhas, adoucissant leur éclat, s'assimilent à notre poussière, que le terme de la réalisation de l'état de bouddha en huit étapes[58] n'ait nulle échéance qui en détermine la venue est pour moi sujet d'affliction. Dans mon regret de n'être encore jamais venu en ces lieux, pauvre bête que je suis, je me tourne avec amertume vers le passé ; quant à l'avenir, une fois effectué le présent pèlerinage, je n'ai aucune assurance. Mon vœu : que les dévotions que j'accomplis aujourd'hui ici puissent être pour moi en cette vie un lien salvifique. Et que l'on ne dise pas que ce pèlerinage s'est fait au hasard de la route ! C'est que l'heure était venue où s'accordaient mes dispositions et la réponse du bouddha[59]. Il a fait serment de nous guider dans

---

58. Voir J.-N. Robert, *Les Doctrines de l'école japonaise Tendai*, p. 247. Toute cette phrase est une réminiscence du *Mohe zhiguan* (jap. *Maka shikan* : « Le grand arrêt-contemplation »).
59. Voir J.-N. Robert, *op. cit.*, p. 205.

nos ténèbres en y mêlant sa lumière. Si le dieu a bien pour titre « Divinité brillante », ne peut-on se fier à lui comme à la brillante aurore qui met un terme à une longue nuit ?

<table>
<tr><td>Hikari tozuru</td><td>La céleste Porte de la nuit</td></tr>
<tr><td>yoru no amanoto</td><td>qui arrête la lumière</td></tr>
<tr><td>haya akeyo</td><td>hâte-toi de l'ouvrir !</td></tr>
<tr><td>asahi kohishiki</td><td>Je veux voir dans le vaste ciel</td></tr>
<tr><td>yomo no sora min</td><td>ces rayons du matin auxquels j'aspire[60]</td></tr>
</table>

Comme je passe cette baie et m'éloigne, au matin la marée montante interdit de nager à qui n'est pas poisson ; mais sur le midi je presse mon cheval de franchir les laisses. À l'ouest, se déploie à l'infini la sombre mer : nuages et eaux sont d'un bleu céruléen. Au large, on distingue à peine un esquif qui prend son envol vers le blanc soleil de midi. Ces fameux jeunes gens, pourquoi ont-ils vieilli à bord de leur vaisseau[61] ? Ne verrait-on pas le Penglai, ne recueillerait-on pas le remède d'immortalité, « les divertissements sur les

60. Allusion à un épisode mythique relaté dans la *Chronique des choses anciennes* (712) : la déesse du soleil s'étant enfermée dans la « céleste grotte de pierre », le monde fut plongé dans l'obscurité (trad. M. et M. Shibata, p. 83).
61. Ce passage fait allusion à un célèbre poème de Bai Juyi (chin. *Hai manman : La mer se déploie*), où est évoquée la mythique île du Penglai (jap. Hôrai) sur laquelle croît l'herbe d'immortalité, ainsi que les vaines expéditions qu'y auraient envoyées plusieurs empereurs chinois.

vagues, voilà le plaisir des rencontres en cette vie »[62] ; et n'est-ce pas là un moyen d'acquérir la longévité ?

*Omohi seji to*   Ceux dont la seule pensée
*kokoro wo tsune ni*  est de bannir l'inquiétude
*yaru hito zo*    jour après jour,
*na wo kiku shima no*  voilà ceux qui recueillent
*kusuri wo mo toru*   le remède de l'île fameuse !

Alors que nous parcourons la plage à sec, de petits crabes sortent chacun de son trou en grouillant. Affolés par nos pieds et par ceux des chevaux, ils fuient de côté, au ras du sol, à toute vitesse. Je les regarde se réfugier chacun dans un trou : ceux qui devraient mourir piétinés conservent la vie en se précipitant dans celui d'un autre, tandis que ceux qui n'auraient rien à craindre dans le trou

---

62. L'auteur reprend, presque littéralement, une expression appartenant à un texte en chinois du lettré japonais Gô Igen (nom de plume de Ôe no Yoshitoki, 955-1010), texte intitulé *Observer les courtisanes* et inclus dans *L'Essence des lettres de notre pays*. L'expression reprise ici fait partie d'un distique plus tard inclus dans le *Recueil de poèmes à chanter*, section « Courtisanes » :

> Point de courtines émeraude, d'alcôves pourpres : les usages ici sont fort différents ;

> Mais dans la barque, sur les flots, le plaisir des rencontres en cette vie est le même.

L'auteur du *Kaidô-ki* évoque par cette simple citation les courtisanes qui, dans les ports fluviaux ou maritimes, attendaient sur leur barque les voyageurs. Ces rencontres fournissent un topos de la littérature de voyage. Voir J. Pigeot, *Femmes galantes, femmes artistes dans le Japon ancien* (ouvrage où est traduit, p. 13-14, le texte *Observer les courtisanes*).

du voisin, en courant vers le leur sous nos pieds, meurent écrasés. N'est-ce pas pitoyable ? Les souffrances de la passion ne sont pas le propre des chiens domestiques[63] ; les crabes de la plage eux aussi savent ce qu'est un profond attachement ! Et nous qui, à les voir, en sentons la vanité, sommes-nous pour autant des sages ? Nous, dont le cœur reste attaché à la demeure de naissance et de mort qu'est ce monde, plus que les crabes encore, ne sommes-nous pas des êtres vains ?

| | |
|---|---|
| *Tare mo ikani* | Qui pourrait la voir |
| *mirume ahare ni* | sans être touché, |
| *yoru nami no* | cette baie où s'approche incertain |
| *tadayohu ura ni* | le flot qui entraîne l'algue ; |
| *mayohi-kinikeri* | voici que j'y vague[64] |

Les monts s'étagent et puis s'étagent encore ; les rivières se succèdent et se succèdent encore. J'ai quitté seul mon ancien séjour pour m'engager vers les lointains par des chemins nouveaux. Dans combien de jours

---

63. Cette remarque figure au Livre V du *Compendium de la Renaissance dans la Terre Pure de l'Ouest* de Genshin (942-1017) et est reprise au Livre IV du *Recueil des Trésors*, recueil d'anecdotes compilé dans le dernier tiers du XIIe siècle : « Les passions sont semblables au chien domestique : on a beau le battre, il ne s'enfuit pas ; l'Éveil est comme le cerf : on a beau l'attacher, on ne peut le retenir ».
64. Le texte comporte un jeu intraduisible sur *miru* : « voir » et *mirume*, nom d'une espèce d'algue. Nous nous sommes risqués à un jeu similaire avec « vague » (le flot), et « vaguer ».

regagnerai-je mon pays? Je l'ignore. Nombreux sont les compagnons de route dont les silhouettes côtoient la mienne, mais comme mes dispositions ne sont pas toujours les leurs, cette diversité de sentiments me donne l'impression de tourner le dos aux camarades. Et pourtant, l'émotion que dégage chaque site, « même un être insensible comme moi ne peut manquer de la ressentir[65] ». Encore que je ne puisse me comparer à Qu Yuan[66], quand, vaguant au bord d'un étang, il exhala sa douleur et connut la honte d'être moqué par un pêcheur, ni à Yang Zhu[67] qui versa des pleurs sur le chemin et, en poète élégiaque, conçut d'amères pensées, la mélancolie de me trouver dans des auberges que ne partage nul compagnon me fait éprouver une vague tristesse.

<br>

| | |
|---|---|
| *Tsuyu no mi wo* | Les monts n'offrent-ils nul abri |
| *okubeki yama no* | où reposer ce corps |
| *kage ya naki* | fragile comme la rosée ? |
| *yasuki kusaba mo* | Même les herbes tranquilles |
| *arashi hukitsutsu* | sont balayées par la tempête[68] |

65. Citation partielle d'un fameux poème de Saigyô (1118-1190) inclus dans le *Nouveau Recueil de poèmes anciens et modernes* (n° 362) : « Même un être/ insensible comme moi/ connaît à présent l'émotion :/ envol du courlis sur le marais/ dans le crépuscule d'automne ».
66. Célèbre poète chinois du IIIe s. avant notre ère. Victime de calomnies, il fut exilé et finit par se jeter dans la rivière Miluo.
67. Penseur chinois du IVe s. avant notre ère. Il aurait pleuré sur la multiplicité des voies, bonnes ou mauvaises, où s'engagent les hommes.
68. « Les monts » sont une métaphore de l'auberge, et « les herbes », de sa couche de voyageur.

Comme je gravis la montée dite de Shiomi, sur cette route qui n'est pourtant point la « longue montée du mont Wu »[69], à force de cheminer j'ai sans cesse le souffle coupé. Pas à pas, je progresse sur la route qui s'étire, si bien que, allant toujours plus loin, je franchis Miyaji et la montagne de Futamura. Certes, une montagne est toujours une montagne, mais, pour la beauté, celle-ci l'emporte sur toutes ; des pins sont toujours des pins, mais ceux-ci manifestent parfaitement ce qu'est une pinède. Dans le bruissement du vent qui enveloppe les vertes frondaisons on croirait entendre la pluie, mais le cri des grues qui s'ébattent dans les nues révèle la pureté du ciel. Nature du pin, ô toi, nature du pin, qui demeures constante au long de mille années, ton aspect ne changera pas[70]. Revenir, quoi, revenir ! Moi dont la vie ne dure qu'un moment, je ne puis espérer de retrouvaille.

| | |
|---|---|
| *Kehu suginu* | Aujourd'hui je l'ai passé ; |
| *kaheraba mata yo* | si je reviens, à nouveau |
| *Hutamura no* | je verrai le mont Futamura : |
| *yamanu nagori no* | sentier sous les pins |
| *matsu no shitamichi* | dont le regret me suivra |

69.  La localisation de Shiomi est incertaine. Le mont Wu se trouve en Chine.
70.  Allusion à un distique chinois de Xu Hun (788 ?- 858 ?) inclus dans le *Recueil de poèmes à chanter* (n° 422) :
La neige qui couvre les vertes montagnes révèle la nature du pin ;
l'azur du ciel sans nuage s'accorde parfaitement à l'esprit des grues.

La rivière Sakai-gawa coule entre les montagnes. Je la traverse seul, glissant sur les flots, mais avec mon ombre plongée au fond de l'eau, nous voici deux.

Ainsi, je parviens jusqu'à la province du Mikawa. Dépassant le manège de Chiryû, je chemine sur plusieurs lieues à travers une lande et atteins l'endroit nommé Yatsuhashi – les Huit Ponts –, qui en réalité ne sont que deux. Nulle trace de canards mandarins sommeillant sur le sable[71] : ils ont décampé, fuyant l'été[72]. Les iris qui se dressent dans l'eau fleurissent en accord avec la saison. Les fleurs sont les mêmes que par le passé, leur couleur n'a pas changé[73]. Les ponts sont les mêmes ponts : auraient-ils été reconstruits plusieurs fois ? Xiangru[74], qui avait eu à se plaindre du monde, s'en revint au pont de Shengxian monté sur un superbe coursier. Le moine obscur, le renonçant que je suis traverse ces ponts tel un oiseau qu'on pourchasse. Huit Ponts, ô Huit Ponts ! L'homme

---

71. Allusion à un poème de Bai Juyi inséré dans le *Recueil de poèmes à chanter* (n° 511) : « Le banc de sable embaume. Les jeunes iris allongent leurs tiges. Le sable est tiède. Les canards mandarins dorment étendant leurs ailes ». Cette réminiscence est amenée par la mention de Yatsuhashi, décrit comme planté d'iris au chapitre 9 des *Contes d'Ise*.
72. Dans le calendrier sino-japonais, le 4ᵉ mois marque le début de l'été.
73. Allusion au fameux poème du chapitre 4 des *Contes d'Ise* : « La lune n'est plus la même ; / le printemps n'est plus / le printemps d'autrefois ; / moi seul / n'ai pas changé ».
74. Sima Xiangru (179-117 av. J.-C.), poète de rhapsodies (*fu*). L'auteur fait allusion à l'anecdote déjà évoquée plus haut (n. 30).

tourmenté d'innombrables pensers amoureux est jadis passé ici. Piles des ponts, ô piles des ponts ! Allez-vous à votre tour connaître la corruption ? Celui qui passe aujourd'hui en ces lieux est un homme qui lui aussi va à sa ruine, qui mène une existence vaine.

<table>
<tr><td>Sumiwabite</td><td>Poussé hors de ma demeure</td></tr>
<tr><td>suguru Mikaha no</td><td>voici que je passe</td></tr>
<tr><td>Yatsuhashi wo</td><td>les Huit Ponts de Mikawa :</td></tr>
<tr><td>kokoro yukite mo</td><td>ah ! si je pouvais revenir</td></tr>
<tr><td>tachikaherabaya</td><td>le cœur léger !</td></tr>
</table>

Je franchis ces ponts, formulant à mon tour un vœu, et comme je me sens – pour quelle raison ? – le cœur léger, je parcours un long chemin et arrive au lieu dit Miya-hashi – Pont du Sanctuaire. Les planches disposées deux par deux qui formaient ce pont ont pourri et il n'en reste plus rien. Seules subsistent les huit piles, qui se dressent sur le radier. Je tente d'imaginer ce que ce lieu fut jadis et note en ces quelques mots son état présent :

<table>
<tr><td>Miya-hashi no</td><td>Je vous le demande</td></tr>
<tr><td>nokoru hashira ni</td><td>piles qui subsistez</td></tr>
<tr><td>koto tohamu</td><td>du pont du Sanctuaire :</td></tr>
<tr><td>kuchite ikuyo ka</td><td>combien de siècles avez-vous tenu</td></tr>
<tr><td>taewatarinuru</td><td>depuis qu'il a pourri ?</td></tr>
</table>

Comme je m'enquiers du logis de ce soir, il apparaît que la route est encore longue. Levant les yeux vers le ciel où le jour commence à pâlir, je vois que les rayons du soleil oblique approchent du Ponant. Au moment où l'astre se couche, je m'arrête à l'étape de Yahagi.

Le neuvième jour, je quitte Yahagi et passe l'étape d'Akasaka. Jadis, on comptait parmi les courtisanes de ce lieu une femme à la jeunesse rayonnante comme celle des fleurs au printemps, au charme aussi élégant que le parfum de l'orchidée en automne. Son visage semblait celui d'une sœur de Fan Anren[75]. Elle fut jadis la concubine du gouverneur du Mikawa. Cette femme mourut jeune, laissant derrière elle cet époux, qui résolut de quitter le monde[76]. Peut-on savoir ?

75. Fan Anren (248-300), poète chinois de la dynastie Jin, à la beauté proverbiale.
76. Allusions à Ôe no Sadamoto (962-1034) qui fut gouverneur du Mikawa, avant de devenir un moine vénéré sous le nom d'Enzû daishi, et de se rendre en Chine où il passa la fin de sa vie. On raconte qu'il emmena avec lui dans la province du Mikawa, non pas son épouse principale, mais une concubine qu'il chérissait tout particulièrement. Selon une autre version qu'on trouve dans la *Chronique de la Grandeur et de la Décadence des Minamoto et des Taira* (*Genpei jôsuiki*) et qui est retenue ici, il s'agit d'une femme d'Akasaka. C'est la perte de cette femme qui lui aurait fait comprendre le caractère illusoire de ce monde et l'aurait engagé dans la voie monastique. L'histoire de Sadamoto figure dans les *Histoires qui sont maintenant du passé*, XIX-2 (traduction partielle dans *Voyage dans les provinces de l'Est*, trad. J. Pigeot, p. 106-107), et dans les *Contes d'Uji*, IV-7 (trad. R. Sieffert, p. 93-94). Voici comment l'épisode de la mort de la concubine de Sadamoto est racontée dans la première source : « Ne pouvant supporter la douleur, Sadamoto resta longtemps sans vouloir l'enterrer ; il restait

Est-ce un bodhisattva secourable qui se manifesta provisoirement sous la forme de cette femme pour guider son époux? Ou bien est-ce ce Grand Maître Enzû dont l'Éveil assura le Salut de sa concubine? Ils furent l'un pour l'autre des « amis de bien », une cause décisive de Salut. La première épouse du gouverneur, éprouvant du ressentiment à son endroit, le maudit, dansa de joie et battit des mains en le voyant tombé dans la misère. Mais il accueillit son hostilité comme un enseignement en vue du Salut et lui en rendit grâce[77]. Plus tard, dans une cour lointaine, alors qu'il allait être cruellement humilié, son bol à aumônes s'envola soudain par la vertu de ses mérites[78]. Dans l'Empire de

couché, la tenant dans ses bras. Mais un jour qu'il collait sa bouche contre la sienne, elle exhala une odeur fétide; il ressentit alors de l'éloignement à son égard, et, tout en pleurant, il procéda aux funérailles. Par la suite, Sadamoto comprit que ce monde ne pouvait inspirer que du dégoût, et il conçut le désir d'entrer dans la Voie » (p. 107).

77. Cet épisode est raconté dans les deux sources citées. Voici comment il est rapporté dans les *Contes d'Uji*: « Alors qu'il quémandait des aumônes, en une certaine maison on lui servit un repas magnifique, et l'on avait pour cela étendu devant lui une natte dans la cour; au moment où, assis sur cette natte, il se disposait à manger, il aperçut, derrière un store roulé, une femme somptueusement vêtue, qui n'était autre que son ancienne épouse qu'il avait renvoyée. "Espèce de mendiant, j'espérais bien te voir un jour dans cet état!", dit-elle le regardant dans les yeux, et lui, sans avoir l'air le moins du monde honteux ni peiné, dit seulement: "Ah, grand merci!", mangea de bon appétit, et s'en fut, digne d'admiration, en vérité » (p. 94).

78. En Chine, Sadamoto fut mis au défi par l'empereur de faire voler son bol à nourriture à l'instar des autres moines convoqués à la cour. Il remporta cette épreuve après avoir invoqué les dieux et les bouddhas du Japon. Le voyage de Sadamoto en Chine est rapporté dans les *Histoires qui sont maintenant du passé*, XIX-2.

la Chine il se rendit célèbre et l'on continue à le louer dans notre pays. Ce grand moine fut en vérité un saint homme ! Qui pourrait dire qu'il s'agissait d'un ascète débutant dans la Voie ? Ne fut-il pas quelque Bouddha venu en ce monde sous une apparence humaine ? Tout en cheminant je devise sur le passé, ce qui me rend toujours plus sensible au moment présent.

| | |
|---|---|
| *Ikanishite* | Se serait-il jamais |
| *utsutsu no michi wo* | engagé dans la Voie |
| *chigiramashi* | de la réalité |
| *yume odorokasu* | si la courtisane ne l'avait tiré |
| *kimi nakariseba* | du sommeil de l'illusion ? |

C'est ainsi que, traversant la lande de Honno, je vois des fougères, autrefois des pousses, quitter le caractère qu'elles avaient au printemps. Les gens ne les cueillent plus et leurs crosses semblables à des mains fermées s'ouvrent d'elles-mêmes en de larges feuilles. Rien dans les lespédèzes au jeune feuillage ne rappelle leur aspect automnal, mais la robe des chevaux qui s'y frayent un passage évoque le pelage des daims[79]. À ce moment, le soleil se cache derrière les montagnes ; la lune apparaît, lumineuse, sur la route des étoiles. Décidé à repartir tôt le lendemain, je m'arrête à l'étape de Toyo-kawa – Rivière abondante.

---

79. Dans le *waka*, le daim et le lespédèze en fleur sont associés à l'automne.

Comme je me mets en route au milieu de la nuit, le cours de la rivière apparaît, large, ses eaux, profondes. En vérité, c'est une passe aux flots surabondants. Leur fracas, lorsqu'ils se précipitent sur les bas-fonds rocheux, l'emporte en éclat sur les rayons de la lune. Le sifflement du vent qui balaie les berges résonne clair dans la nuit noire. Dans ces hameaux reculés, que je n'ai jamais vus, aucun spectacle ne m'est familier, hors celui de la lune.

| | |
|---|---|
| *Shiru hito mo* | De connaissances, point. |
| *nagisa ni nami no* | Seuls les flots se brisent sur la grève |
| *yoru nomi zo* | enveloppée dans la nuit |
| *narenishi tsuki no* | et la lune depuis longtemps familière |
| *kage ha sashikuru* | me baigne de ses rayons |

Le dixième jour, je quitte Toyo-kawa et vais toujours plus loin, passant tantôt friches tantôt hameaux, quand j'arrive au lieu dit Mineno[80]. Le soleil, émergé de la rosée qui couvre les herbes sauvages, n'atteint pas encore les branches des jeunes arbres ; les nuages ont été dissipés par le vent qui balaie les pins des sommets et la montagne se colore des mêmes nuances que le ciel. L'émotion que l'on ressent à promener au loin les yeux vous transporte.

---

80. Lieu non identifié.

| | |
|---|---|
| *Yama no ha ha* | La crête du mont |
| *tsuyu yori soko ni* | est enfouie |
| *udzumorete* | par-dessous la rosée ; |
| *nozuwe no kusa ni* | dans les herbes au bout de la lande |
| *akuru shinonome* | blanchit l'aube |

Aussitôt, je m'engage dans les monts Takashi – les Hauts Monts. Quand, après avoir foulé l'arête des rochers, on a passé les monts Hiuchi – le Briquet[81] –, on voit pointer dans les brûlis, comme des flammèches, les feuilles des plantes, et la couleur des jeunes frondaisons évoque une fumée. Une fois franchis, toujours plus loin, forêts et étangs, voici au cœur des montagnes la Sakai-gawa – la Rivière Frontière. Au-delà, on passe dans le pays de Tôtômi.

| | |
|---|---|
| *Kudaru sahe* | Alors même que l'on descend |
| *Takashi to iheba* | on parle des Hauts Monts : |
| *ikaga sen* | que ferons-nous donc |
| *noboran tabi no* | quand nous remonterons à la capitale ? |
| *Adzumadji no yama* | montagnes sur la route de l'Est |

Quand on redescend par le flanc méridional et que l'on jette les yeux en bas, les vagues bleues à l'infini ondulent, les blanches nuées s'amoncellent. La vue sur la mer est ici magnifique. Finit-on par descendre

81. Ce nom d'un lieu non identifié entraîne une série de mots et d'images associés au feu.

jusqu'au pied de la montagne, le chemin passe par un ravin profond, comme si l'on avait creusé là un antre sans fond. C'est en se coulant contre la paroi, en se hélant, que l'on effectue la descente. Une fois celle-ci achevée, au nord, c'est le logis solitaire où se retira Han Kang[82] : pour un paysage estival, les fleurs présentent des teintes bien pauvres. Au sud, c'est le port où Fan Li[83] arrêta sa barque : pour qui les entend le soir, la rumeur des vagues réjouit l'oreille. Aux cabanes des sauniers, des rubans de fumée ondulent légèrement et leurs lambeaux se dispersent dans le vaste ciel. Dans les marais salants, l'eau de mer qu'on va chercher se dépose en minces filets et le réseau des levées étincelle[84]. L'algue noire qu'amène le flot, bien que dépourvue d'âme, choisit le blanc[85] ; le héron qui se dresse sur un banc de sable immaculé, bien que pourvu d'une âme, confond son plumage avec la blancheur de la grève. Retenu par la splendeur du site, j'y arrête un moment mes pas : l'attrait du paysage, sur cette baie, capte insidieusement le cœur du voyageur :

82. Personnage des Han orientaux. Vendeur de médecines, il se retira dans les montagnes par crainte de la célébrité. Ces lignes reprennent une pièce du *Recueil de poèmes à chanter* (n° 505).
83. Personnage de l'époque des Printemps et Automnes. Après des victoires suivies de revers, il partit en bateau vers la région des Cinq Lacs. Même référence au poème 505 du *Recueil de poèmes à chanter*.
84. Sur la fabrication du sel dans le Japon ancien, notamment le procédé consistant à « ratisser soigneusement un terrain de sable que l'on arrose d'eau de mer de façon répétée », voir B. Frank, *Démons et jardins,* p. 124-125.
85. Sous-entendu : elle se pose sur le sable blanc, qui la met en valeur.

*Yukisuguru*  
*sode mo shiho ya no*  
*yuhu keburi*  
*tatsu tote ama no*  
*sabishi to ya minu*

De celui qui passe  
mouillant de larmes sa manche  
les sauniers dans leur cabane  
d'où s'élèvent les fumées vespérales  
voient-ils la mélancolie ?

Dans la lueur du soleil déclinant, je fais halte à l'étape de Hashimoto. Sur la vaste mer qui se gonfle au sud, vont à la rame les bateaux de plaisance ; sur la route à relais, quand on prend par l'est, on voit le fameux pont de Hamana[86]. En ce moment, le char du soleil hâte sa course vers l'ouest et le Bouvier enfin apparaît ; le disque de la lune roule sur la crête et la silhouette du lièvre faiblement se dessine[87]. Sur la baie, le vent qui souffle dans les pins pénètre l'homme peu habitué au

86. Le pont de Hamana doit son nom au lac de Hamana (également appelé Inohana-ko ; il a actuellement cent vingt km de tour). À l'époque ancienne, le lac de Hamana était un lac d'eau douce, complètement séparé de la mer par un banc de sable ; il en sortait une rivière, la Hamana-gawa, qui franchissait le banc de sable pour se jeter dans la mer. C'est sur cette rivière que, dès le règne de l'impératrice Suiko (554-628), fut lancé un pont, dont on sait qu'il fut reconstruit en Jôgan, 4 (862) et restauré en Gangyô, 8 (884) : il mesurait alors cinquante-six *jô* (environ cent soixante-dix mètres) de long. Il fut par la suite plusieurs fois détruit et reconstruit. À l'ouest du pont se trouvait un relais avec des auberges, appelé Hashimoto (« le pied du pont »), qui fut, jusqu'à l'époque de Kamakura, l'un des plus fréquentés et des plus populaires sur la route de l'Est. Des séismes, raz de marée et éboulements successifs ont bouleversé la configuration du terrain : la rivière fut complètement comblée et un goulet, appelé Imagire, qui s'ouvrit à trois kilomètres environ à l'est de l'ancienne embouchure du chenal, fit communiquer avec la mer le lac, dont l'eau est aujourd'hui saumâtre.
87. Le Bouvier est le nom chinois de l'étoile Altaïr de l'Aigle. On sait que, d'après la tradition chinoise, les taches de la lune dessinent la silhouette d'un lièvre.

sommeil en voyage ; le bruit des vagues qui baignent les rochers frappe l'oreille du vieillard point accoutumé à l'entendre. Aux premières heures de la nuit, en raison des peines endurées ces derniers jours, je rêve sur ma grossière paillasse ; mais quand la clepsydre est à moitié vide, la nouveauté de l'étape me fait ouvrir les yeux et je viens me tenir au pied des rangées de pins. Les vagues qui déferlent avec fracas sur la grève grondent bruyamment à l'embouchure de la rivière ; mais la lune qui parcourt le ciel tantôt dégagé tantôt couvert, vêtue d'un léger voile de nuées, passe discrètement. Les lueurs que jettent les feux des bateaux de pêche pénètrent au fond des eaux et embrasent les entrailles des poissons affolés ; les chants des mariniers sur les barques nocturnes, portés jusqu'à sa couche, accompagnent l'éveil du voyageur.

Comme déjà la nuit s'éclaire, l'éclat des étoiles s'estompe : quittant l'hôtellerie, nous entendons un appel qui ne nous est pas adressé, et partons accompagné d'amis – des inconnus. Je m'arrête un instant sur l'ancien pont et goûte le spectacle de cette passe curieuse. La marée qui monte sous le pont repousse des eaux qui ne devraient point s'en retourner, et les fait refluer ; le vent qui ébouriffe les pins piétine nos têtes et reste sourd à nos remontrances. Oui, les souvenirs de voyage, c'est ici que j'en fais provision.

*Hashimoto ya*             Hashimoto... Ah !
*akanu watari to*        J'avais bien entendu dire
*kikishi nimo*              qu'on ne s'en pouvait lasser ;
*naho sugikanetsu*       mais cela passe l'attente /
                                   mais j'ai peine à les passer
*matsu no muradachi*     ces bosquets de pins

*Nami-makura*            À l'étape où la vague
*yoru shiku yado no*     vient harceler le dormeur,
*nagori ni ha*              ce qu'en signe d'adieu
*nokoshite tachinu*       à regret je laisse en partant :
*matsu no urakaze*        le vent marin dans les pins

Le onzième jour, je quitte Hashimoto et, tout en m'éloignant du pont qui franchit la rivière, je me retourne : là-bas, la voix des blanches vagues me rappelle, moi qui passe à regret ; sur la route, les branches des pins verts retiennent un pan de mon vêtement, moi qui poursuis ma marche. Regarde-t-on au nord : sur la surface lointaine du lac, au gré des flots, les rides des vagues composent un visage de vieillard ; porte-t-on les yeux vers l'ouest : sur l'immensité des eaux, des ponts flottants de nuages sont jetés à travers le ciel par l'artifice du vent. L'aspect des eaux ici et là est le même ; mais du lac et de la mer, de l'eau douce ou salée, l'impression est différente. Sur les remous, le balbuzard qui bat des ailes parmi les vagues éclabousse une eau fraîche ; dans les barques, les voix des rameurs montent jusqu'au ciel d'été, évoquant les cris des oies sauvages à l'automne. De spectacles aussi saisissants qu'offre le voyage, l'impression vous pénètre jusqu'aux entrailles ; le cœur a du mal à s'en détacher.

Ces lieux une fois passés, j'arrive à la baie de Hamamatsu – les Pins de la Grève. Sur le rivage qui s'allonge, le sable est si profond qu'avancer donne l'impression de reculer. Dans l'épaisse pinède aux troncs innombrables, le mugissement du vent rivalise avec celui des vagues. Regarde-t-on du côté de la mer, des îles avalent la marée et, l'ayant avalée, la recrachent par ces gorges que font leurs anses sinueuses ; les vaguelettes du rivage sassent les jolis galets et, cela fait, tapissent de leurs débris les lits rocheux. Quelle beauté ! quelle splendeur ! Spectacle inoubliable, captivant ! Si j'ai assez de vie, je reviendrai, quoi qu'il m'en coûte, revoir cette baie.

<table>
<tr><td>Nami ha hama</td><td>Les vagues sur la grève,</td></tr>
<tr><td>matsu ni ha kaze no</td><td>le vent dans les pins,</td></tr>
<tr><td>urauhe ni</td><td>partout se lèvent à Hamamatsu<br>– Tiens-toi là ! Arrête-toi !</td></tr>
<tr><td>tachi-tomare to ya</td><td>nous souffleraient-ils</td></tr>
<tr><td>huki-shikiruran</td><td>inlassablement ?</td></tr>
</table>

Poussé par le vent de la pinède, je passe le relais de Maisawa et poursuis ma route, embrassant du regard les lointains : sur les hauteurs, des bois, sur la lande, une rivière avec un embarcadère ; les arbres, sur la rive, croissent selon la règle en tendant leurs branches vers le haut, mais leurs reflets, dans l'eau, inversent les choses et la cime pointe vers le bas. J'avais ouï dire qu'eau et bois s'engendraient mutuellement avec harmonie[88], mais ici le reflet semble opérer un renversement. Comme déjà le soir approche, je cherche un gîte pour la nuit et fais halte à l'étape d'Ikeda.

Le douzième jour, je quitte Ikeda et me mets en route dans la pénombre du demi-jour : bois et landes ont beau être toujours semblables, le chemin étant, selon l'endroit, différent, on éprouve à les voir un sentiment de nouveauté ; pour traverser la Tenchû-gawa – la Rivière du milieu du ciel –, on prend un bac, car c'est une grande rivière, large de trois *chô*[89]. Le courant est si rapide, les vagues si furieuses, qu'on ne peut utiliser une perche ; aussi pour faire la traversée rame-t-on avec de grandes doloires. N'étant pas le fidèle

---

88. L'auteur fait allusion à la théorie chinoise des cinq agents ou éléments (parmi lesquels eau et bois), distincts mais complémentaires, l'un engendrant l'autre.

89. La Tenchû-gawa, appelée aussi Tenryû-gawa – son nom actuel – est l'un des plus larges fleuves sur la route de Kyôto à Kamakura. Trois *chô* correspondent à environ 300 mètres. Sa difficile traversée est évoquée dans plusieurs récits de voyage (voir le *Voyage dans les provinces de l'Est*, p. 47).

Wang Ba, je ne puis, comme il fit pour le fleuve Huta, figer les eaux en glace[90]. Le fameux Zhang Bo aurait remonté le cours de la rivière du ciel, et son esquif fait d'un tronc d'arbre me paraît avoir été semblable à celui-ci[91] :

| | |
|---|---|
| *Yoshi saraba* | Eh bien ! Soit ! |
| *mi wo ukiki nite* | au gré de cet esquif |
| *watarinan* | passons-les, ces eaux : |
| *amatsu misora no* | rivière du milieu du ciel |
| *naka-gaha no midzu* | – Voie lactée – |

Comme je parcours sur une lieue la lande d'Ueno, les centaines, les milliers de plantes sauvages ont conservé l'éclat de la rosée ; légèreté des vapeurs qui montent des landes, qui montent du chemin, légèreté aussi du bruissement du vent. Ah ! En automne, ce voyage eût été plus émouvant encore !

| | |
|---|---|
| *Natsu kusa ha* | Des plantes d'été |
| *mada urawakaki* | les pointes montrent encore |
| *iro nagara* | une tendre couleur, |
| *aki ni sakidatsu* | mais l'aspect de la lande |
| *nobe no omokage* | annonce l'automne |

90. Wang Ba, général des Han orientaux, franchit le fleuve changé en étendue de glace.
91. Zhang Bo, sous les Han occidentaux (202 av. J.-C. à 9 ap. J.-C.), aurait exploré les sources du Fleuve Jaune et remonté la Voie lactée (cette dernière étant, en Extrême-Orient, la « rivière du ciel »).

Une fois passée la nouvelle étape de Yamaguchi, le chemin rejoint son ancien tracé. On laisse derrière soi landes et friches, on a devant soi hameaux et bourgs, et cela se répète au cours de la marche jusqu'à ce que l'on parvienne au sanctuaire nommé Kotonomama - Conforme aux vœux[92]. J'ignore quel est l'état originel de la divinité : est-ce un bouddha ? Est-ce un bodhisattva[93] ? Quoi qu'il en soit, le dieu ne manquera pas d'être touché de ma sincérité. Aspirant à la sérénité en cette vie, à la sérénité en ma prochaine existence, même si ce bosquet de cèdres ne se trouve pas sur le mont Miwa, j'irai, poussé par la nostalgie, y présenter cette prière[94] : « Je vous en supplie, ô Divinité, faites que je me pénètre de la saveur de la Loi, selon laquelle, en dernier ressort, tout est vacuité, et daignez accorder à ce vœu votre réponse entière et vraie ! »

| | |
|---|---|
| *Omohu koto no* | Conformément à mon vœu |
| *mama ni kanaheyo* | – Kotonomama – |
| *sugi tateru* | que je voie l'effet |

92. Sanctuaire également appelé Hisaka Hachiman, aujourd'hui inclus dans la ville de Kakegawa (département de Shizuoka).
93. Sur la doctrine du *honji-suijaku*, voir plus haut (n. 56).
94. Ces mots font référence à un célèbre poème anonyme du *Recueil de poèmes anciens et modernes* (n° 982) : « Mon ermitage / se trouve au pied du mont Miwa. / Si vous avez nostalgie de moi, / venez m'y rendre visite : / c'est la porte où se dresse un cèdre. » Le mont Miwa, considéré comme le sanctuaire du dieu qui y réside, se trouve en Yamato, au sud de Nara.

> *kami no chikahi no*       de la promesse divine
> *shirushi wo mo min*       en ce sanctuaire aux cèdres !

Le ruisseau qui coule derrière le sanctuaire une fois franchi, on s'engage dans le mont Saya no Nakayama – la Montagne du milieu[95]. Quand on a pendant un moment gravi les premières pentes, on a sur la gauche un profond ravin, et sur la droite encore un ravin profond : le long chemin de crête fait l'effet de passer sur une digue. C'est en contrebas que l'on voit le sommet des arbres dans l'un et l'autre ravin, en contrebas qu'on entend le gazouillis des oiseaux. De l'autre côté de chaque ravin, ce sont à nouveau de hautes montagnes. Comme on passe entre elles, on a vraiment l'impression d'être dans la « montagne du milieu ». La montagne est la montagne de jadis, le chemin aux multiples lacets est tel que par le passé. Mais les rameaux au bout des branches sont des rameaux nouveaux, et tous, innombrables qu'ils sont, d'un vert léger. Comme ce lieu porte un nom particulièrement célèbre[96], pendant toute l'heure que dure la montée, je m'arrête cent fois pour contempler le site. Le bruissement du vent comme une pluie, dans

---

95. Il s'agit en fait d'une colline de faible hauteur (100 m), mais dont les pentes s'étendent sur 4 km.
96. Saya (ou Sayo) no Nakayama est chanté dans de nombreux *waka*.

les pins qui abritèrent Qin, sans me mouiller rafraîchit mon oreille[97] ; le vent, qui résonne dans la plaintive tonalité *shang*[98], sans se montrer aux yeux me pénètre le corps.

| | |
|---|---|
| *Wake-noboru* | La montée ardue |
| *Saya no Nakayama* | de Saya no Nakayama |
| *nakanaka ni* | c'est étrangement une fois franchie |
| *koete nagori zo* | que j'éprouve de la peine |
| *kurushikarikeru* | pour l'avoir quittée |

Dès lors, mon cheval fatigué traînant ses sabots et l'oiseau-soleil ayant replié ses ailes, je m'arrête, pour reposer mon pauvre corps, à l'étape de Kiku-kawa – La Rivière aux chrysanthèmes. Sur le pilier d'une demeure on peut lire les lignes suivantes, écrites par le second conseiller, seigneur de Nakamikado, sire Muneyuki[99] :

97. Allusion à une anecdote chinoise selon laquelle le premier empereur des Qin (221-206 av. J. C.), aurait lors d'une tempête trouvé abri sous un pin, auquel il aurait ensuite décerné un titre.
98. Tonalité associée à l'automne dans la musique chinoise ancienne.
99. Fujiwara no Muneyuki (1175-1221) participa aux « troubles de Jôkyû » (1221), évoqués ici. Ces troubles furent suscités par une tentative de l'empereur retiré Gotoba pour rétablir le pouvoir impérial aux dépens du gouvernement militaire (*bakufu*) installé à Kamakura, dans l'Est (qualifié plus loin de « région barbare »). Cette tentative se solda par un échec : Gotoba ainsi que ses deux fils, également anciens empereurs, furent exilés avec leur descendants : leurs alliés (dont Muneyuki) furent emmenés dans l'Est et exécutés, et les domaines des « rebelles » confisqués. Voir la Postface. Muneyuki (Nakamikado est le nom de sa résidence), arrêté par les hommes du shôgun et emmené vers Kamakura, fut mis à mort en route (voir plus loin p. 56). Le poème qui suit

> Là-bas, dans le district de Nanyang, l'eau du Fleuve aux
>     Chrysanthèmes,
> On la puisait en son cours inférieur et l'on prolongeait ses
>     jours.
> Ici, à la Rivière aux Chrysanthèmes de la route côtière de
>     l'Est,
> Sur la rive occidentale je fais étape, mais je vais perdre la vie.

Ce poème est en vérité bien émouvant. Le seigneur Muneyuki appartenait par sa naissance à une branche vénérable d'une longue lignée, sa carrière l'avait mené au rang élevé de second conseiller. Dans le Séjour des nuées[100], les ornements de sa coiffe de cour mêlaient leur éclat à celui de la lune ; dans la Retraite de l'ermite[101], le brocart de sa manche rivalisait de brillance avec les fleurs. Profusion de savoirs, gloire surpassant sa condition : la splendeur de sa floraison était telle que chacun voulait s'en parer ; ceux qui étaient proches marchaient à sa suite, ceux qui étaient loin lui faisaient allégeance. À qui l'idée fût-elle venue, qu'il allait être en butte à pareils tourments ?

Or donc, quel désastre ! dans la deuxième décade du sixième mois de la troisième année de Jôkyû, une tourmente s'abattit sur l'Empire, des lames de fond

est un quatrain en chinois. En Chine, puis au Japon, le chrysanthème était associé à la longévité.
100. Expression métaphorique désignant le palais impérial.
101. Expression métaphorique désignant le palais de l'empereur retiré.

déferlèrent. Des généraux factieux s'élancèrent hors de la capitale fleurie, des guerriers issus des régions barbares se déchaînèrent sur les champs de bataille. Le fracas du tonnerre fit résonner les nues, l'éclat du soleil et de la lune se voila[102]. Les cohortes barbares ébranlaient le sol, arcs et épées imposèrent leur loi. Pendant ce temps, le vent des monts qui aurait pu faire entendre les acclamations dues à l'empereur, oublieux de sa mission, grondait dans les branches[103]; l'eau pure des rivières, de par la faute des vagues, se trouva souillée. Les sources du mont Ci dévalèrent des hauts sommets et se précipitèrent dans la mer de l'Ouest[104]. La fleur de Ses dignitaires, de Sa garde, emportée au-delà des frontières de l'Est, se vit anéantie. Pis encore, les hôtes illustres des palais détachés[105] furent déportés, les uns ici, les autres là; demeurant dans des contrées perdues, par-delà les nuées, chacun soupire, tel les bambous solitaires du mont Jilong. Ils errent en des terres étranges, sans que leur parvienne nul écho des affaires du monde.

102. De même que les nues sont une métaphore obvie du Palais, le soleil et la lune le sont, de l'empereur et de l'empereur retiré.
103. Signe de mauvais augure, annonçant des troubles dans l'Empire. Cette phrase fait allusion à un épisode relatif à l'empereur Wudi (156-87 av. J.-C.) des Han occidentaux.
104. Le mont Ci (dans le Henan, en Chine) symbolise l'empereur retiré Gotoba qui fut exilé dans les îles Oki (dans la mer du Japon).
105. Sans doute les résidences des princes ou des épouses impériales.

Était-ce rêve ou réalité ? On n'a jamais ouï rapporter semblables événements. Les appartements aux courtines de brocart, aux précieux ornements, désertés par leurs maîtres, servaient de gîte à la soldatesque ; les tributs des mines d'or, les tributs en soieries, passaient entièrement dans les coffres des rustres. Ces époux fidèles comme canards mandarins, qui dans leurs ébats nuit et jour s'enlaçaient, voyaient se rompre dès cette vie leur serment de voler d'un même vol durant des milliers d'années[106] ; ces serviteurs, qui du matin au soir manifestaient leur déférence, renonçaient malgré eux à la reconnaissance entretenue au fil des ans. En vérité, apparaît clairement aux yeux la loi qui veut que ceux qui sont unis fatalement se séparent.

Muneyuki comprenait maintenant avec douleur à quoi ressemble le tréfonds de l'enfer où nobles et vils sont traités de même. Il avait beau se lamenter, désormais nul ne lui viendrait en aide. Il laissa derrière lui ce logis, le visage inondé de larmes, le cœur brisé. Pour l'escorter, des soldats en armes, dont toute l'attention se portait sur ce seul voyageur ; pour capter son regard, les lames des épées et des hallebardes, dont la vue faisait fondre son âme dans sa poitrine. Que, par regret de la vie, il ait pour dernière ressource noté ce poème sur le pilier de

106. Référence au fameux poème de Bai Juyi le *Chant de l'éternel regret* (voir *infra*, n. 138).

son gîte, me conduit, moi qui ne suis pas sans attaches et ne partage pas son sort, à inonder ma manche de larmes.

> *Kokoro araba*     S'il a du cœur,
> *sazo na ahare to*     celui qui passera ici
> *midzukuki no*     saura compatir :
> *ato kaki-tsukuru*     tel est le message laissé
> *yado no tabibito*     par l'hôte de ce logis

Je traverse une lande, à l'endroit dit Parages de Shimizu – Onde pure. Nous sommes au quatrième mois[107] et la petite canicule fait peu à peu sentir son influence, pas au point cependant que l'on soit pris du désir de se rafraîchir ; aussi je m'abstiens de puiser dans mes mains l'eau de la source.

> *Natsu hukaki*     Ce serait le fort de l'été,
> *shimidzu nariseba*     auprès de cette onde pure
> *koma tomete*     arrêtant mon cheval
> *shibashi suzuman*     j'aurais pris un moment le frais
> *hi ha kurenamashi*     et le soir serait tombé

Je franchis l'étape de Hazukura et traverse la rivière Ôi-gawa. Cette rivière comporte de nombreux gués et le cours en est capricieux. Les courants s'entrecroisent, isolant des îlots, séparant ici et là des hauts-fonds.

---

107. Précisément, le treizième jour de ce mois. Sans doute en raison de l'erreur d'un copiste, il faut désormais décaler d'un jour les dates données.

Comme je poursuis cette route sur deux ou trois lieues, ma vue se perd dans les quatre directions et la mélancolie des lointains m'envahit. À ce moment, le vent marin se fait plus violent et le sable blanc qu'il soulève semble du brouillard. Le chapeau rabattu sur le visage, je passe dans la province de Suruga. Je franchis le lieu dit Maejima – Île de Devant –, sans y apercevoir les vagues que promet ce nom, mais lorsque je traverse le marché de Fujieda – Rameaux de glycines –, les glycines sont toujours en fleur :

| | |
|---|---|
| *Mahejima no* | Au marché de Maejima |
| *Ichi ni ha nami no* | nulle part on n'aperçoit |
| *ato mo nashi* | trace des vagues : |
| *mina Hudjieda no* | toutes à Fujieda |
| *hana ni kahetsutsu* | en rameaux fleuris sont changées |

Je passe le village d'Okabe et, après un long chemin, je parviens aux abords du mont Utsu. Un artisan amoureux des montagnes a sculpté ce mont au milieu des monts[108]. Au pied de la rive d'émeraude, sur une longue grève de sable, il a dressé des rochers. Sur les sommets de jade, avec les feuilles tombées il a façonné des buttes. Mains croisées dans le dos, tête penchée sur la poitrine, je gravis péniblement la pente ; la sueur inonde

108. Expressions empruntées au *Recueil de poèmes à chanter* (n°^os 492 et 506).

mon épaule dénudée et ma légère tunique d'été me pèse, mais, tirant de mon sein un éventail, je l'agite, et cette brise me soulage. Ainsi je me fraye un chemin à travers d'épaisses forêts, je franchis des sommets escarpés : cette montagne fameuse mérite sa haute renommée. Le cœur est sans cesse partagé, attiré ici ou là par le charme des futaies, et l'esprit, confondu par tant de beauté. Au matin, de sombres nuées enveloppent les sommets ; le tigre a déserté les abords habités par le général Li[109]. Au soir un vent glacial souffle dans les vallées, la grue s'est installée où vécut le capitaine Zheng[110]. Le soleil – oiseau rouge – vole vers l'Ouest. Ma vue est arrêtée par une lande plantée de cyprès, par les frondaisons des cèdres. À ce moment, la fatigue brise mes forces déclinantes. Mes pieds avancent d'eux-mêmes sur des rochers couverts de mousse, sur des sentiers envahis de lierre. Vaincu par la raideur de la pente, je fais une

---

109. Li Guang, mort en 119, général de l'époque des Han orientaux, connu pour ses batailles contre les Xiongnu, mais aussi pour sa malchance. Une anecdote raconte qu'il transperça d'une flèche un rocher qu'il avait pris pour un tigre. Rappel de distiques en chinois du *Recueil de poèmes à chanter* (n^os 684-685) : « De sombres nuées enveloppent le mont Long. À son pied le général Li ne s'est pas encore fait connaître ».

110. Zheng Hong, fonctionnaire de l'époque des Han orientaux. Ayant ramassé la flèche d'une divinité du mont Baihe (« de la Grue blanche »), il obtint en échange de celle-ci de gouverner les vents de la montagne. L'épisode est évoqué dans un poème de Sugawara no Michizane (845-903) recueilli dans le *Recueil de poèmes à chanter* (n° 679) : « Le matin il souffle du sud ; le soir, du nord. Célèbre est le vent de la vallée du capitaine Zheng ».

pause. Non loin de là, deux moines voyageurs installent leur pliant de cordes et reprennent leur souffle.

*Tachi kaheru*      Ascètes du mont Utsu
*Utsu no yamabushi*      vous qui vous en retournez
*kotodzuten*      faites-le savoir :
*miyako kohitsutsu*      c'est en pensant à la capitale
*hitori koeki to*      que seul j'ai traversé ces montagnes[111]

Tout en allant, je réfléchis : ces monts et ces rivières, sur toute la distance que j'ai parcourue, les ai-je vus en rêve ? en réalité ? Était-ce hier ? est-ce aujourd'hui ? Si je considère jadis comme le présent[112], mon corps est bien vieux ; si je pense au temps où ce moment-ci sera du passé, mon cœur est aujourd'hui bien jeune. Entre jadis et maintenant, il n'y a de distance que dans ma pensée. « Samsâra et nirvâna, l'un et l'autre sont exactement comme le songe de la nuit passée[113] » : combien je trouve poignante cette formule ! Les traces de mes pas d'hier sont aujourd'hui un rêve ; ce jour qui me voit passer ici, en quel lieu dirai-je demain qu'il fut hier ? En vérité, mois et années que j'ai laissés

---

111. Allusion au chapitre 9 des *Contes d'Ise*, où des voyageurs, passant le mont Utsu, y croisent un ascète itinérant qu'ils chargent d'un message pour la capitale. Cf. *supra*, n. 31.
112. C'est-à-dire : si c'est le passé qui constitue le point de référence.
113. Samsâra et nirvâna : transmigration et extinction. Citation du *Sûtra de l'Éveil* (*Engaku-kyô*), sûtra apocryphe de l'époque des Tang.

derrière moi, de rêve se sont mués en rêve ; sentiers de montagne d'hier et d'aujourd'hui, sortis des nuées entrent dans les nuées.

| | |
|---|---|
| *Asu ya mata* | Demain, à nouveau, |
| *kinohu no kumo ni* | je découvrirai |
| *odorokan* | qu'il est nuage d'hier, |
| *kehu ha utsutsu no* | ce sentier bien réel – mont Utsu – |
| *Utsu no yamagoe* | que j'emprunte aujourd'hui[14] |

Je m'arrête à l'étape de Tegoshi – De main en main – et accorde du repos à mes jambes.

Le treizième jour, je quitte Tegoshi et chemine longuement à travers les landes. À en juger d'après la couleur vert pâle des cimes des arbres, nous sommes bien au début de l'été. Mais la blanche rosée qui brille dans les fourrés ressemble à celle d'un soir d'automne, en avance sur la saison. Au loin dans la direction du nord blanchit une montagne couverte de neige. Comme je m'enquiers à son sujet, on me dit que c'est Shirane – le Mont-Blanc – de Kai. Ma vie s'étant prolongée, j'ai enfin contemplé ce lieu dont

---

114. Ce passage manque dans le manuscrit publié dans l'édition S.KBZ. Voir S.KBTK, vol. 51, p. 94, ou KTZSO, p. 93-94. Le poème repose sur l'exploitation, traditionnelle depuis les *Contes d'Ise*, de l'homophonie partielle entre le nom du mont Utsu et le substantif *utsutsu* : « réalité ».

j'ai si longtemps entendu parler[115]. Ces quelques jours durant lesquels j'ai nourri mon esprit m'auront fait gagner cent années de vie. Le fameux élixir d'immortalité est donc inutile en ce bas monde.

| | |
|---|---|
| *Woshikaranu* | Je ne m'attache pas |
| *inochi naredomo* | à cette existence, mais |
| *kehu areba* | pour avoir vécu jusqu'à ce jour |
| *ikitaru kahi no* | j'ai contemplé le Mont-Blanc |
| *Shirane wo mo mitsu* | du pays de Kai / une raison de vivre ! |

Comme je passe par la grève d'Udo, mon esprit est purifié par le grondement des vagues, par le bruissement du vent. Au sud-est de la grève se trouve un temple de montagne, un lieu particulièrement sacré. Ce temple, d'où l'on jouit d'une vue splendide dans les quatre directions, est une dépendance de celui des Quatre Luminaires[116]. Les nombreux bâtiments, magnifiques, sont très fréquentés ; on y accomplit des cérémonies en tout point semblables à celles du Pavillon Central de la maison mère. La récitation du sûtra du Véhicule Unique – le Sûtra du Lotus – y

115. Le mont Shirane (nom donné à un groupe de trois sommets dont le plus élevé culmine à 3192 m) a été souvent chanté en poésie. Voir notamment un poème très proche au Livre X du *Dit des Heiké* (traduction R. Sieffert, p. 420). Le nom de Kai est homophone d'un terme signifiant « valoir la peine ».
116. Ou Shimei-zan, autre nom du mont Hiei, siège du temple principal du bouddhisme Tendai.

résonne toute l'année sans trêve. Lors de la retraite d'été, les moines rivalisent d'ardeur pour accomplir les exercices, les offrandes d'eau ou de fleurs. Ils se forment dans l'enseignement bouddhique de la Voie Médiane ; ils se livrent à des disputations pour décider en faveur de la Vacuité ou de la Conditionnalité. Grâce aux mérites ainsi accumulés, une multitude d'êtres vivants vient de près comme de loin s'en remettre au Bouddha.

Le nom du monastère ? On l'appelle Kunô-ji. Il a été fondé par le bodhisattva Gyôki[117] et l'architecture en est d'une pureté parfaite. Le Vénéré principal ? Il s'agit de Kannon. Cette sainte figure qui demeure sur le mont Potalaka[118] se manifeste en ce lieu où sa clarté resplendit comme celle de la lune. Les astres ont accompli des centaines de révolutions et les frimas se sont succédé depuis que la loi bouddhique prospère dans ce temple. Au sommet de ce mont habité par les moines, plus de trois cents loges sont rassemblées dans les denses brumes. La divinité de pierre, qui n'est autre que la nef avec laquelle Kannon est venu ici en voguant sur les nuages, veille sur les flancs de la montagne

---

117. Appellation populaire du moine Gyôki ou Gyôgi (688-749), grand prédicateur, qui se dépensa en œuvres pies au bénéfice des populations. Voir le DHJ.

118. Le mont Potalaka (jap. Fudaraku) est la « terre pure » de Kannon (Avalokiteśvara), bodhisattva de la compassion, extrêmement populaire. Voir B. Frank, *Le panthéon bouddhique au Japon*, p. 108.

et écarte les obstacles malins. La statue de bois qui représente le bodhisattva dans son apparence céleste est conservée dans l'enceinte du temple et multiplie les actes de bien. Kannon aux mille bras[119] est descendu sur cette terre dans une nef de pierre. Cette nef s'est muée en une divinité protectrice de la Loi qui réside sur les pentes de la montagne. On l'appelle Iwafune – Nef de pierre –, Divinité gardienne de la Loi. Le bodhisattva aux mille yeux, habitant du mont Potalaka, depuis ces régions méridionales est descendu vers le Nord, et Il guide vers cette montagne ceux qui ont noué un lien de Salut.

Près d'ici, sur la grève d'Udo, un masque divin a été transmis et une danse, enseignée à un fonctionnaire du cinquième rang, habitant ces lieux. Jadis, cet homme appelé le sieur Inari vit une divinité descendue sous les pins de la grève qui dansait et jouait de la musique. Imitant cette danse, il se mit à l'exécuter. La divinité vit qu'un homme l'observait et, prenant son envol telle un oiseau, elle disparut dans les nuages. Comme l'homme inspectait l'endroit, il s'aperçut qu'elle avait laissé derrière elle un masque. Il le ramassa, et ce masque devint un trésor du temple. Dès lors, on instaura des

119. Les mille bras et les mille yeux de Kannon représentent son universelle compassion.

cérémonies bouddhiques accompagnées de musique et de danse. Les descendants du fonctionnaire furent reconnus comme une lignée de danseurs. Le quinzième jour du deuxième mois, d'importantes célébrations ont lieu au monastère pour ce qu'on appelle la Cérémonie de la Félicité éternelle[120]. Depuis, les manches virevoltent comme neige dans le ciel, elles ont la couleur des fleurs de cerisier au printemps. Les mélodies s'attardent sur le sommet de la montagne et semblent l'écho des jours lointains. Quand on passe par cette grève, les nobles sons du luth résonnent dans les pins, les vagues font monter des roulements de tambour. On croirait entendre aujourd'hui la musique de l'antique divinité.

| | |
|---|---|
| *Sode hurishi* | Du vêtement de plumes |
| *ama tsu wotome ga* | dont la céleste jeune fille |
| *hagoromo no* | fit virevolter les manches |
| *omokage ni tatsu* | seul vestige, aujourd'hui se dressent |
| *ato no shiranami* | en ce lieu les blanches vagues |

Comme je passe la baie d'Ejiri, la mousse verte couvre les rochers, les flots rejettent sur le rivage de noires étoffes d'algues. Au sud, vers le large, l'océan confond vagues et ciel, une voile solitaire bondit jusqu'aux nues. Au nord, les pins foisonnants laissent

---

120. Le Jôraku-e commémore l'entrée dans le nirvâna de Shaka (le Bouddha).

retomber leurs branches porteuses d'ombre et forment une rangée continue le long du chemin. De vieux pêcheurs ramènent leurs filets : ils épuisent leur corps pour subvenir à leurs besoins. Les poissons qui nagent dans les flots mordent à l'hameçon : ils détruisent leur vie en cherchant à la prolonger. Quel profit peuvent retirer les uns ? Combien de proies peuvent gober les autres ? Dans leur souci d'assurer leur existence, dans leur volonté de se maintenir en vie, rien ne les distingue. Et ce n'est pas le seul exemple. Les bûcherons qui ruissellent de sueur dans la montagne rentrent chez eux la nuit tombée, poursuivis par le vent du nord. Les marchands qui usent leurs jambes dans les landes sortent à l'aube dans la blanche rosée. Les métiers ont beau varier, tous les hommes souffrent également pour gagner leur vie.

| | |
|---|---|
| *Hito goto ni* | De chaque homme |
| *hashiru kokoro ha* | courant çà et là, |
| *kaharedomo* | le cœur est différent |
| *yo wo suguru michi ha* | mais pour traverser la vie |
| *hitotsu narikeri* | le chemin est le même |

Comme je longe la baie en regardant au loin, les algues[121], ayant rompu leur racine, flottent sur les vagues ;

121.  L'algue *miru*, algue comestible, aux feuilles découpées, est souvent mentionnée dans le *waka* à cause de son homonymie avec le verbe « voir »

les méduses – lunes de mer[122] – dont les contours apparaissent sur les eaux, enseignent à l'homme ce qu'est le monde flottant et le mettent en garde.

| | |
|---|---|
| *Nami no uhe ni* | Sur les vagues ballottée |
| *tadayohu umi no* | la lune de mer |
| *tsuki mo mata* | elle aussi |
| *ukare yuku to zo* | ne me voit-elle pas |
| *ware wo miruran* | m'éloigner à la dérive ? |

Quand on contemple la barrière de Kiyomi, au sud-ouest, le regard se perd, hésitant entre haut et bas, ciel et mer ; au nord-est, le pied trébuche, la montagne et la rocaille du rivage étant pareillement abruptes. Au bas des rochers, le vent fait éclore des fleurs sur les vagues : il y règne un perpétuel printemps. Au-dessus du rivage, verdissent les pins couleur de jade : ils n'ont crainte de l'automne. L'océan du ciel agité de vagues est ourlé par les brisants des nuages. La nef de la lune émergeant à la tombée de la nuit commence sa course[123]. En bas, sur la grève, empruntant le chemin rocheux, les rafales passent dans le matin, telles des

(*miru*). Cf. *supra* la note 64. Les caractères chinois servant à noter le nom de cette algue signifient « pins des mers ». Le nom latin est *Codium fragile*.

122. Les caractères chinois servant à noter le mot *kurage* (méduse) signifient « lune de mer ».

123. Réminiscence d'un poème anonyme du *Recueil des dix mille feuilles* (n° 1068) : « Dans l'océan du ciel, / les nuages en vagues se lèvent ; / la nef de la lune, / voguant dans la forêt des étoiles, / semble aller se cacher ».

messagères. Les sites renommés ne suscitent pas toujours l'émotion, ceux qu'on vante à nos oreilles ne captivent pas toujours le regard. Mais cette baie offre un spectacle à la hauteur de sa réputation. Ici, à mesure que j'avance toujours trempé, lavé par les vagues, voilà que mon cœur souillé se fait limpide. Oui, c'est à juste titre que ce lieu a reçu le nom de Kiyomi – Vue pure. Comme je m'enquiers des traces de la barrière[124], seul me répond le mugissement du vent. Comme j'observe la mousse qui couvre les rochers, j'en découvre un qui serait de la toile changée en pierre. Près de la barrière était un lieu appelé Nuno-tatami – Amoncellement d'étoffes. On raconte qu'autrefois les gardiens de la barrière déposaient là les étoffes qu'ils prélevaient sur les passants, et celles-ci, en s'accumulant, se sont changées en pierre.

| | |
|---|---|
| *Huki–yoseyo* | Vent de la baie de Kiyomi |
| *Kiyomi urakaze* | amène donc ici |
| *wasure-gahi* | ces « coquillages d'oubli » |
| *hirohu nagori no* | que je ramasse en souvenir |
| *na ni shi ohameya* | en dépit de leur nom[125] |

124. La barrière de Kiyomi, aujourd'hui Shimizu (département de Shizuoka), est un lieu chanté en poésie. L'usage de la monnaie étant alors peu répandu, on payait le droit de passage en étoffes ou en vêtements.
125. Le « coquillage d'oubli » est une valve isolée de la coquille. Elle est chantée dans le *Journal de Tosa* par le poète qui évoque la mort de sa petite fille : « Vagues qui battez / le rivage je voudrais / qu'y rejetiez / coquillages de

*Kataraba ya*              Ah ! je le raconterai
*kehu miru bakari*         que sur la lagune de Kiyomi
*Kiyomi-gata*              découverte aujourd'hui,
*oboeshi sode ni*          d'émotion mes manches
*kakaru namida ha*        se mouillèrent de larmes

Le vieil homme de la mer[126] nage dans les vagues, le stupide vieillard que je suis erre sur la grève. La vieillesse nous a courbé les reins, à l'un comme à l'autre. Dis-moi, connais-tu le terme de ton existence, toi qui passes ta vie à flotter dans la mer ? Je l'ignore, moi dont la vie n'est qu'un instant au milieu d'un songe.

Ce faisant, je franchis la baie d'Okitsu. La fumée des fours à sel s'élève faiblement dans les airs, les manches des gens de mer ruissellent d'eau salée. De menus poissons sèchent sur les cabanes du rivage : leurs toits semblent couverts d'écailles. Ces bosquets de pins, la couleur des vagues qui déferlent, je voudrais, moi qui n'ai point de cœur, les montrer à quelque compagnon au cœur sensible[127].

l'oubli / vite les ramasserais » (trad. R. Sieffert, p. 47).
126.  La langouste : les caractères chinois qui servent à noter le mot *ebi* (langouste) signifient « vieil homme de la mer », sans doute parce que sa forme arquée évoque le dos d'un vieillard.
127.  Réminiscence de deux célèbres poèmes. Pour le premier, voir la note 65. Le second : « Ah ! je le voudrais montrer / à qui a le cœur sensible / ce paysage de printemps / aux abords de Naniwa / du pays de Tsu » (Nôin, *Second recueil de poèmes glanés parmi les délaissés*, n° 43).

| | |
|---|---|
| *Tada nurase* | Mouillez les sans retenue, |
| *yukute no sode ni* | ô vagues, ces manches que vous arrosez |
| *kakaru nami* | à mesure que j'avance : |
| *hiru ma ga hodo ha* | tout au long du jour / tant que sèche le poisson |
| *urakaze mo fuku* | souffle la brise marine |

Au promontoire de Kukigasaki des rafales de vent, fantasques, retournent le sable. Les vagues qui se hérissent barrent le passage. Le voyageur retient son pas, guette un intervalle entre deux lames et se hâte de traverser. À gauche, une hauteur escarpée : on se fraie un chemin à son pied dans les interstices des rochers. À droite, des vagues indistinctes : le regard est happé par les lointains. Après avoir suivi ce chemin sur une longue distance, je parviens à Ôwada – Grande-Baie. Au large on voit se balancer des barques. Leurs voiles gonflées par les rafales, elles bondissent, parcourent dix mille lieues et, confiantes dans le secours du vent, vont se perdre dans les blanches nuées ; d'immenses houles se meuvent, telles mille nuages, et baignant le soleil couchant, se teintent de pourpre. Voici une auberge du bord de mer ; j'y arrête seulement mon esprit, non mes pas.

| | |
|---|---|
| *Wasureji na* | Comment l'oublier ? |
| *nami no omokage* | la vision de ces vagues |
| *tachi-sohite* | toujours m'accompagne : |

*suguru nagori no*  mon regret de passer outre
*Ohowada no ura*  est grand – Grande-Baie –

Une fois passée l'étape de Yui, on arrive après une longue marche à Senbon no matsubara – la Lande-aux-Mille-Pins. Du vieillard que je suis, l'œil se fatigue à contempler les vagues qui déferlent sur cette grève interminable, l'oreille déjà confuse est offensée par le vent qui souffle dans la cime des pins. Dans le ciel clair, sa rumeur fait comme une pluie, mais à l'abri de leurs vertes frondaisons, je fais de ma manche un oreiller. Au bord de cette plage sablonneuse, le vent fait voler les blancs pétales de l'onde, mais je ne lui en tiens pas rigueur. Quand, au cours de ma marche, je me retourne et regarde le chemin parcouru, il me tarde d'autant plus de découvrir celui qui m'attend.

*Kiki-wabinu*  Sur la Lande-aux-Mille-Pins
*chidji no matsubara*  l'entendre me navre,
*huku kaze no*  le mugissement du vent
*hitokata narazu*  qui dans sa course folle
*wake-shiworu kowe*  fait ployer les branches

Je fais étape à Kanbara et m'étends sur une natte de carex.

Le quatorzième jour, je quitte Kanbara et poursuis ma longue route. Les voyageurs qui me précédaient ont rebroussé chemin jusqu'à la rivière pour faire boire leurs chevaux. Et moi, arrivé après eux, je me fais dans la lande un lit d'herbes et laisse passer ceux qui cheminaient derrière moi. Dans la vie, les uns prennent de l'avance, les autres du retard : ainsi en va-t-il du voyage et, sur ces réflexions, je poursuis mon chemin pour franchir la Fuji-gawa. Le cours de la rivière est tumultueux et charrie des pierres. Pourquoi les rapides de Wuxia[128] seraient-ils les seuls à retourner les bateaux ? Mais le cœur humain étant bien davantage tumultueux, c'est aux chevaux que nous nous fions pour passer[129]. Ô mon vieux cheval, mon vieux cheval ! Sagace comme tu l'es, tu devines non seulement un chemin enfoui sous la neige, mais aussi ce que recèlent les eaux de la rivière !

| | |
|---|---|
| *Oto ni kikishi* | Comme le mont de haut renom |
| *na takaki yama no* | qu'on a ouï célébrer, |
| *watari tote* | on ne les saurait |
| *soko sahe fukashi* | mesurer, les fonds |
| *Huji-gaha no midzu* | de la Fuji-gawa |

Comme je passe à Ukishima-ga-hara – la Lande de l'île flottante –, je vois que ce lieu, en dépit de son

128. L'une des gorges du Fleuve Bleu (Yangzijiang).
129. L'auteur reprend ici un poème de Bai Juyi : « Les eaux de la Wuxia retournent aisément les bateaux, mais, comparées au cœur humain, elles sont paisibles ». Il rebondit en faisant allusion à la situation présente : on passait souvent les rivières à dos d'homme, non sans danger...

nom, n'est à la vérité nullement en mer ; il faut bien plutôt dire que je me trouve dans un sentier au sein d'une friche. Il y a là des fourrés d'herbe, des bosquets. Lorsqu'on poursuit son chemin au loin, la fumée des demeures humaines par place s'interrompt, puis de nouveau s'élève ; de jeunes arbres situés à distance les uns des autres semblent s'ignorer mutuellement[130]. Des voyageurs qui cheminent, les uns vers l'est, les autres vers l'ouest, il n'est aucun dont je sois le familier. Au sud des villages, au nord des villages, on ne voit de la route que montagne et mer.

| | |
|---|---|
| *Wonodzukara* | S'il se trouvait ici |
| *shiru hito araba* | de mes familiers |
| *ikaga sen* | qu'adviendrait-il de moi ? |
| *utoki ni danimo* | Les indifférents eux-mêmes |
| *suguru nagori wo* | j'ai regret de les quitter |

La vue du mont Fuji confirme ce que, à la capitale, j'en avais seulement ouï dire : il touche au ciel et surplombe les montagnes qui l'entourent. Sa cime n'ouvre un chemin qu'aux oiseaux, son pied n'est parcouru que par les daims. Les humains ne le foulent pas, il se dresse solitaire. La neige lui fait comme une calotte :

---

130. Nous nous sommes inspirés pour ce paragraphe de la traduction qu'en a donnée Bernard Frank (*Démons et jardins*, p. 257). Cet ouvrage contient une longue analyse du terme Ukishima (« île flottante »).

toute blanche, elle en couvre le sommet. Les nuages lui font une sorte de ceinture : leurs longues traînées lui enserrent les flancs. Haut comme il est, il se dresse tel une échelle qui monte au ciel, mais ceux qui tentent de la gravir rebroussent chemin et redescendent[131]. Sa base est si étendue qu'il faut des jours pour la parcourir : qui s'en éloigne croit l'avoir toujours dans son dos. Une source d'eau chaude jaillit à son sommet, qui dégage de légers filets de vapeur ; à mi-pente se trouve un lac d'une eau glacée qui, surabondante, se déverse en une grosse rivière. En vérité, ce mont sacré n'a point d'égal. Mont sacré, disais-je : le dieu qui y réside ne serait-il pas la « trace descendue » de Shaka, son « état originel »[132] ? J'ai ouï conter la légende de ces femmes à la taille souple comme rameaux de saule, avatars d'Immortelles[133] ; sur le mont édifié par quelque divinité, on voit aujourd'hui des pins se dresser. Au sommet se trouve une source qui, dit-on, jaillit comme font les eaux thermales. Jadis, sur ce mont venaient volontiers s'ébattre des

131. Dans ces lignes, ainsi que celles qui suivent, l'auteur reprend de nombreuses expressions figurant dans les *Notes sur le mont Fuji* de Miyako no Yoshika (834-879), texte en sino-japonais recueilli dans *L'Essence des lettres de notre pays* (Livre XII). On trouvera la traduction de la première moitié de ces *Notes* dans *Voyage dans les provinces de l'Est*, p. 112-113. L'auteur cite certaines expressions sans suivre le texte dans sa continuité et sa propre évocation du Fuji donne l'impression d'un certain désordre.
132. Sur la notion de « trace descendue » et d'« état originel », voir plus haut, n. 56.
133. Sans doute s'agit-il des deux Immortelles évoquées un peu plus loin.

Immortelles[134]. À son pied, du côté de l'est, s'élève ce qu'on appelle Nii-yama – le Nouveau-Mont[135]. On raconte qu'en l'ère Enryaku [782-806], une divinité descendue du ciel l'édifia. Pour tout dire, il semble que le mont Fuji s'élance jusqu'à l'empyrée et soit étranger au monde des hommes. Quand je me tiens là et lève les yeux au plus haut, mon âme s'abîme en extase.

| | |
|---|---|
| *Iku-tose no* | Au long de combien d'années |
| *yuki tsumorite ka* | la neige s'est-elle amassée |
| *Huji no yama* | pour donner |
| *itadaki shiroki* | au sommet du mont Fuji |
| *takane naruramu* | pareille blancheur ? |
| | |
| *Tohi-kitsuru* | La fumée du mont Fuji |
| *Huji no keburi ha* | que je suis venu contempler |
| *sora ni kiete* | s'est dissipée dans le ciel |
| *kumo ni nagori no* | mais dans les nuages flotte |
| *omokage zo tatsu* | l'image qu'elle a laissée |

Il était jadis un homme qu'on appelait le vieux coupeur de bambous[136]. Sa fille, on l'appelait

---

134. D'après les *Notes sur le mont Fuji*, on aurait vu en Jôgan, 17 (875) deux beautés venir danser au-dessus de la cime du Fuji.

135. Il s'agirait en fait d'un sommet surgi à la suite d'une éruption survenue en 802.

136. Ici commence la fameuse histoire du coupeur de bambous et de Kaguya-hime « la princesse resplendissante », immortalisée par le *Conte du coupeur de bambous*, ancêtre du roman japonais, sans doute rédigé à la fin du IXe siècle

demoiselle Kaguya. Éclose d'un œuf de fauvette, le vieillard l'avait découverte dans un nid[137], au milieu du bosquet de bambous de sa maison. Il l'avait élevée et en avait fait son enfant. Quand elle eut grandi, sa beauté fut sans pareille. Une lumière émanait d'elle et rayonnait alentour. Les bandeaux de ses cheveux, pleins de grâce, évoquaient les ailes de la cigale à l'automne[138]. Ses sourcils, doucement arqués, avaient la teinte des montagnes lointaines. Un seul de ses sourires recélait cent séductions. Qui la voyait, qui en entendait parler, était ému jusqu'aux entrailles. Cette demoiselle, en une vie antérieure où elle était humaine, avait été élevée par le vieillard et c'est après être renée au ciel que, voulant lui rendre les bienfaits dont elle avait alors bénéficié, elle s'était manifestée pour un temps en venant naître dans ses bambous. Ah! combien il est émouvant que ce lien qui unit père et enfant ne s'altère pas, même en une autre vie! Dès lors, dans les nœuds de ces verts bambous apparut

(voir la traduction de R. Sieffert). Sur les origines de Kaguya-hime, l'auteur s'écarte toutefois de ce récit qui donne à celle-ci une origine supra-humaine.
137. Cette version de la légende, différente de celle du *Conte du coupeur de bambous*, figure dans d'autres textes anciens.
138. Pour la description de Kaguya-hime, l'auteur utilise des expressions empruntées au fameux poème de Bai Juyi (772-846) le *Chant de l'éternel regret* (*Changhen ge*), déjà reprises dans le *Recueil de poèmes à chanter*. Le *Chant de l'éternel regret* narre les amours tragiques de l'empereur Xuanzong (712-756) et de sa favorite Yang Guifei. Voir P. Demiéville, *Anthologie de la poésie chinoise classique*, p. 297-302.

de l'or, et le vieillard, en un instant, de pauvre devint riche. Les brillantes maisons de ce temps, les adeptes de la voie de l'amour, les illustres seigneurs rivalisèrent de splendeur, les hôtes du céleste Palais multiplièrent les galanteries, adressèrent à la demoiselle force propos amoureux, cherchèrent à se distinguer par leurs tendres sentiments. Ils tenaient réunion dans sa demeure et se livraient à des divertissements, jouant de la musique, composant des poèmes. Mais elle leur proposait des énigmes insolubles et n'avait nul dessein de s'abandonner à ces galants.

L'affaire revint aux oreilles de l'empereur de ce temps ; il manda la demoiselle, mais celle-ci ne se présenta pas au Palais. Alors l'empereur, sous couleur d'aller se divertir à la chasse, se rendit au clos aux bambous, logis de la demoiselle née d'un œuf de fauvette et voulut s'unir à elle par le serment des canards mandarins, jurant un amour aussi durable que la verte couleur des pins. Mais la demoiselle fille du vieillard dit qu'elle avait à réfléchir, promettant de répondre plus tard, si bien que l'empereur s'en retourna bredouille. Les habitants du ciel apprirent la chose et, avant qu'elle s'accoutumât à l'oreiller orné de joyaux, aux parures d'or fin, envoyèrent le char qui vole à travers les airs la chercher pour la ramener au ciel. Les gardes postés aux barrières et aux fortins ne pouvaient fermer la route des nuées ; les farouches guerriers ne pouvaient empêcher son envol. On était alors au cœur de l'automne, à l'époque où la clarté de la lune est parfaitement limpide[139] ; même ceux à qui la beauté de la nuit, le murmure du vent n'inspirent aucune émotion ne pouvaient qu'être émus. Les pensers du souverain, les pensers des courtisans les faisaient pareillement mouiller de larmes leur manche. Ces nuées qui l'emportaient, sans qu'ils pussent les retenir, leur semblaient ténébreuses et dans le crépuscule leur douleur devenait plus profonde. Ce vent qu'ils ne pouvaient poursuivre bruissait à leurs oreilles et dans la nuit leurs regrets étaient sans fin. Alors que le sieur Hua, prince de la médecine, qui descendait d'une femme née d'un poirier, guérit les maux de milliers de gens[140], la demoiselle-fauvette, elle, éclose dans un bosquet de bambous, fut métamorphosée en femme vénéneuse et fit souffrir le cœur d'un homme sans pareil. De même qu'un mage se rendit au palais de Purissime-Essence, et que les mots murmurés par la favorite Yang ramenèrent l'empereur à ses amoureux

139. Dans la version de l'histoire que donne le *Conte du Coupeur de bambous*, la demoiselle est à l'origine « une habitante de la capitale de la lune ».
140. Hua Tuo fut un célèbre médecin chinois de l'époque des Han orientaux. Il réussit, grâce au traitement qu'il lui prescrivit, à guérir le général Cao Cao (155-220), mais mourut en prison. La légende concernant sa naissance est obscure.

pensers[141], de même l'envoyé impérial monta sur le pic du Fuji[142], et la lettre d'adieu de l'Immortelle Kaguya qu'il en rapporta consuma le cœur de Sa Majesté durant de longues années. Toute immortelle qu'elle était, la demoiselle fille du vieillard, au moment de remonter au ciel, s'était souvenue de l'attachement de l'empereur, et elle avait joint à l'élixir d'immortalité qu'elle lui laissait un poème qui disait[143] :

<table>
<tr><td>Ima ha tote</td><td>Voici le moment :</td></tr>
<tr><td>ama no hagoromo</td><td>en revêtant</td></tr>
<tr><td>kiru toki zo</td><td>la céleste robe-de-plumes,</td></tr>
<tr><td>kimi wo ahare to</td><td>le souvenir de mon Seigneur</td></tr>
<tr><td>omohi-idenuru</td><td>m'emplit d'émotion</td></tr>
</table>

L'empereur, dont la vue de ces reliques avivait le ressentiment, ne pouvant supporter l'amour qui le rongeait, dépêcha un messager qu'il chargea de lui rendre l'élixir accompagné d'un billet. Le poème-réponse disait :

---

141. Allusion à un épisode du *Chant de l'éternel regret*. Après la mort de sa favorite Yang Guifei, l'empereur envoie un mage la chercher ; celui-ci la retrouve sur une île mystérieuse. Elle le charge de ce message pour l'empereur : « Dans les cieux ou chez les hommes, un jour nous nous retrouverons ! »
142. Cet épisode sera précisé un peu plus loin. Le mont Fuji est souvent associé aux bambous.
143. Nous reprenons pour ce poème, ainsi que pour la réponse de l'empereur, la traduction de René Sieffert, légèrement retouchée.

*Ahu koto no*
*namida ni ukabu*
*waga mi ni ha*
*shinanu kusuri mo*
*nani ni ka ha sen*

De ne plus vous rencontrer
je baigne dans mes larmes
que ferais-je donc
d'une liqueur
d'immortalité ?

Le messager impérial roula quelques plans dans sa tête : nul endroit, se dit-il enfin, n'est plus proche du ciel que ce pic, et il monta au sommet du Fuji, où il mit le feu au remède et au billet qui montèrent jusqu'au ciel en une même fumée. Depuis lors, les poètes disent que de ce pic montent les fumées de l'amour[144]. C'est pourquoi on appelle cette montagne Fuji-no-mine, « le pic de l'immortalité ». Mais, en raison du nom du canton où il s'élève, on écrit « le pic des soldats »[145].

Celle-là – la favorite Yang – était une Immortelle ; celle-ci – demoiselle Kaguya – en était une aussi. Toutes deux ont inspiré des regrets à un empereur qui pour elles fit tomber sur sa manche les perles de ses larmes. L'une lui fut enlevée par la mort ; l'autre

144. Cette métaphore, bien attestée dans la poésie classique, est fondée sur l'homophonie du mot *hi* « le feu » avec la dernière syllabe des mots souvent synonymes *omohi* et *kohi* « l'amour ».
145. L'auteur tente de concilier l'étymologie supposée du nom du pic (en réalité, semble-t-il, un mot aïnou signifiant « le feu »), qui serait *fushi* 不死 « immortalité », avec la graphie usuelle de ce mot 富士. Dans la conclusion du *Conte du coupeur de bambous*, cette graphie est interprétée comme « de nombreux 富 soldats 士 » (envoyés par l'empereur).

le quitta encore vivante. L'un comme l'autre, après la séparation, retourna son vêtement de nuit[146]. De façon générale, aujourd'hui comme jadis, les belles font chanceler les pays et souffrir les hommes. Il faut rester sur ses gardes et ne pas céder à l'attrait du plaisir.

| *Ama tsu hime* | Est-ce la fumée |
| *kohishi omohi no* | de l'amour dont il brûla |
| *keburi tote* | pour la céleste princesse |
| *tatsu ya hakanaki* | qui s'élève ici ? |
| *ohozora no kumo* | Vaine nuée dans le vaste ciel... |

Je passe par le lieu appelé Kuruma-gaeshi – Renvoi des voitures[147]. Serait-ce que jadis une mante religieuse se trouvant sur ce chemin arrêtait les voyageurs[148] ? Ou bien des enfants qui s'amusaient à construire des châteaux en terre rejetèrent-ils les injonctions de Confucius[149] ? (Alors que des enfants s'étaient amusés à construire une petite maison au beau milieu de la route, Confucius, passant par là, les réprimanda : « À cause

146. On croyait que, si on portait à l'envers son vêtement de nuit, l'être aimé apparaîtrait en rêve.
147. Localité située à l'est de l'actuel Numazu.
148. Peut-être allusion au *Zhuangzi*, où le sage qui tente de faire des remontrances au prince est comparé à « la mante qui dresse ses pattes dans l'ornière pour arrêter une voiture » (Cf. *Philosophes taoïstes*, p. 169).
149. Cette anecdote, dont la source est perdue, était connue au Japon : elle figure par exemple dans les *Histoires qui sont maintenant du passé*, X-9.

des voitures, c'est dangereux! Allez ailleurs! » Mais les petits répliquèrent: « Elles n'ont qu'à circuler là où il n'y a pas de maison. On n'a jamais entendu dire que c'était aux maisons d'éviter les voitures. » À ces mots, Confucius fit faire demi-tour à sa voiture et rebroussa chemin.) Si nous nous trouvions au bourg de Shengmu – L'emporter sur sa mère –, qui donc, ne fût-il pas Zengshen[150], pourrait le traverser? (Zengshen était un homme à la piété filiale profonde. Si dans quelque endroit se trouvait un homme qui ne respectât pas cette vertu, il rebroussait chemin sans passer par là.)

À Kuruma-gaeshi, le chemin est si escarpé qu'on pourrait le comparer à celui du mont Taixing. (Ce chemin est si raide que les voitures s'y rompent.) Pourtant, notre groupe qui voyage à cheval passe sans encombre.

| | |
|---|---|
| *Mukashi tare* | Qui donc jadis |
| *koko ni kuruma no* | peinant à faire passer |
| *wadzurahite* | ici sa voiture |
| *nagae wo kita ni* | a démonté les limons |
| *kake-hadzushiken* | orientés au nord?[151] |

150. Disciple de Confucius.
151. Allusion à une expression chinoise: « orienter son char vers le nord alors qu'on se rend au sud », signe évident d'inconséquence. L'auteur reprend librement cette expression pour donner une explication (fantaisiste) au toponyme.

Je fais halte à l'étape de Kisegawa, où je prends mon repos dans une masure à toit de chaume. Sur le pilier de l'une des maisons, le même second conseiller a encore laissé la trace de son pinceau, un poème qu'il composa ici[152] :

| | |
|---|---|
| *Kehu suguru* | En ce jour où je traverse |
| *mi wo ukishima ga* | déplorant mon sort |
| *hara ni kite* | la lande d'Ukishima |
| | – L'île-flottante[153] –, |
| *tsuhi no michi wo zo* | que c'est l'ultime chemin |
| *kiki-sadametsuru* | j'en ai reçu le verdict |

Tous ceux qui lurent ce poème, hommes de cœur, mouillèrent leur manche de larmes. Oui, sur le continent septentrional[154], où la vie dure mille années, les habitants gémissent quand ils en voient le terme arrivé ; sur le continent austral, où leur durée n'est pas fixée, nous jouissons des jours qui nous sont impartis, car nous en ignorons le compte. Imaginons ce qu'éprouva le second conseiller lorsqu'il se dit que ce jour était le dernier. Même les récits de jadis, quand ils sont émouvants,

152. Le conseiller est Fujiwara no Muneyuki : voir *supra*, n. 99.
153. Selon le procédé du mot-pivot (*kake-kotoba*), l'auteur joue sur l'homophonie partielle de la Lande-de-l'île-*flottante* : *Uki*shimagahara, avec l'adjectif *uki* « triste ».
154. L'auteur se réfère à la vision de l'univers comme constitué d'un immense océan où flotte, dans chacune des directions cardinales, un continent. Notre monde est situé au sud.

nous arrachent souvent des larmes. Que dire alors de l'émotion que nous ressentons tous quand ce poème, rappel d'un monde que nous avons connu, vient nous saisir ! Or donc, au mugissement de la tempête qui secouait les frondaisons des cimes, il n'est pas jusqu'aux frêles herbes dans les ravins inaccessibles qui ne fussent balayées et flétries[155] : même un homme aussi insignifiant que moi ne trouve plus de lieu où reposer sa vie fragile comme rosée. C'est pourquoi les mots de ce personnage qui, au terme de ses errances, disparut en déplorant sa fin, me touchent profondément, moi qui pourtant, ayant conservé jusqu'à présent une vie que je hais, les lis sans partager son destin.

Or donc, si l'on s'enquiert des circonstances qui ont inspiré ce poème, on sait que le second conseiller, lorsqu'il traversa la Lande-de-l'île-flottante, rencontra un homme qui, portant quelque chose sur l'épaule, montait à la capitale. À ses questions, l'homme répondit en pleurant qu'il avait été au service de l'inspecteur, le seigneur Mitsuchika[156], et que, ayant recueilli les cendres de son maître, il regagnait la capitale. Sans nul doute le second conseiller, voyant là le sort qui l'attendait,

155. Allusion aux troubles de Jôkyû évoqués plus haut.
156. [Fujiwara no] Mitsuchika (1176-1221), fidèle de l'empereur retiré Gotoba, participa aux « troubles de Jôkyû » et fut décapité deux jours avant Muneyuki.

dut-il, tout vivant qu'il était, sentir son âme le quitter. Tout en sachant depuis toujours qu'il ne pourrait se soustraire à son destin, il ne pouvait néanmoins se défendre d'espérer, peut-être, échapper à la gueule du tigre et conserver une vie aussi improbable que des poils sur la carapace d'une tortue[157], mais, quand il eut la certitude que sa vie allait s'achever, c'est l'esprit égaré que, quittant cette Lande-de-l'île-flottante tristement nommée, il s'abandonna au pas de son cheval jusqu'à cette auberge d'étape où il s'arrêta.

Qu'il ait sans doute passé la nuit à gémir sur cette vie qui s'achèverait le lendemain, mêlant ses plaintes aux stridulations du grillon tapi près de sa couche, et que, avant de s'en aller, il ait laissé ce poème, cela n'est pas seulement un fait émouvant : même après sa disparition, il révèle la profonde sensibilité de l'homme.

| *Sazona ge ni* | Oui vraiment |
| *inochi mo woshi no* | il dut regretter la vie |
| *tsurugiba ni* | déplorant de la quitter |
| *kakaru wakare wo* | sous le tranchant de l'épée |
| *Ukishimagahara* | – Lande-de-l'île-flottante[158] – |

157. Avec ces images empruntées à la littérature chinoise, l'auteur lance ici une série de noms d'animaux (tigre, tortue, cheval, grillon, mouton, bœuf, oiseaux) insérés dans le récit, selon la rhétorique de la « liste intégrée » largement pratiquée au Japon (voir J. Pigeot, *Questions de poétique japonaise*, p. 62-65).
158. Dans le poème est introduit, par le procédé rhétorique des mots à double entente, l'image du canard mandarin (*woshi*, homophone de « regretter »),

Le quinzième jour, je quitte Kisegawa. Je passe la lande d'Aizawa – le marais de la Rencontre. Cette lande, je la parcours sur d'innombrables lieues, comme l'avait fait le second conseiller Muneyuki, jusqu'au lieu où on lui dit qu'il avait à faire ses adieux à la vie ; mais il répondit qu'il devait se préparer et demanda un répit ; aussi poursuivit-il encore sa route un moment : en vérité ce fut comme la marche du mouton vers l'abattoir. Tout voyage, fût-il accompli par plaisir, ne manque pas d'être mélancolique pour peu que l'on entende le grondement des vagues, le sifflement du vent dans les pins ; à plus forte raison, pour celui qui, tel la favorite sur la route de Mawei[159], prit le chemin de l'enfer, royaume des démons à tête de bœuf[160] : ses larmes révélaient le souci qui devait le ronger des êtres aimés laissés à la capitale, du désir qu'il devait avoir de les entendre prononcer une dernière fois ces mots : « Vit-il ou ne vit-il plus[161] ? » Mais, n'étant pas au bord de la Sumida, il n'avait pas le recours d'interroger

oiseau traditionnellement associé à l'affection qui unit les êtres, et dont les rémiges effilées sont appelées « plumes-épées » *tsurugi-ba.* Sur les images associées à cette lande, voir la note 153.

159. Référence à l'exécution de la favorite Yang (cf. *supra,* n. 138).

160. Sur ces figures infernales, voir B. Frank, *Démons et jardins, op. cit.,* p. 31-32.

161. Citation d'un célèbre poème figurant dans les *Contes d'Ise* (chapitre 9) ; un voyageur, arrivé au bord de la Sumida, s'adresse à un « oiseau-de-la-capitale » en lui disant : « Si tu mérites ce nom, / je te demanderai une chose, / oiseau de la capitale, / la personne que j'aime / vit-elle ou ne vit-elle plus ? »

des oiseaux, aussi fit-il dans cette lande ses adieux éternels à la lumière du soleil, avant de disparaître sur le ténébreux chemin :

| | |
|---|---|
| *Miyako wo ba* | Le printemps de la capitale, |
| *ikani hana-bito* | pourquoi donc l'a-t-il quitté |
| *haru taete* | ce florissant seigneur ? |
| *Adzuma no aki no* | Dans l'Est, il est tombé |
| *konoha to ha chiru* | comme feuilles à l'automne |

Le seigneur Mitsuchika, inspecteur, ainsi que le seigneur Arimasa[162], ancien commandant de la garde des gendarmes, section de gauche, eurent bientôt perdu la vie dans cette lande, l'un plus tôt, l'autre plus tard, tels rosée déposée au bout des feuilles ou goutte au pied des plantes[163]. Des êtres humains, aucun ne jouit d'une vie durable ; des maisons, aucune n'offre un logis pérenne. Telle est la loi de ce monde, tel est le principe des choses. Et pourtant, à l'heure de prendre congé de la vie, on s'y résigne en se redisant ce principe ; quand on quitte la maison, toute attache rompue, on se console en reconnaissant que telle est la

---

162. Minamoto no Arimasa (1176-1221) fut lui aussi exécuté, dix-sept jours après Mitsuchika.
163. Citation d'un poème du moine Henjô (816-890), recueilli dans le *Nouveau Recueil de poèmes anciens et modernes* (n° 757) : « Rosée au bout des feuilles, / gouttes au pied des plantes / nous montrent, n'est-ce pas ? / que tous en ce bas monde, / tôt ou tard devrons disparaître ».

loi de ce monde. Mais eux, c'est en un lieu sinistre, loin de la capitale, qu'ils ont quitté la vie, voyageurs sur une route traversant une lande désolée ; c'est avant l'heure qu'ils ont disparu, sous les nuées grosses de rancœur, par un triste crépuscule d'automne. On dira qu'ils ont rencontré les malheurs du siècle, mais, à la vérité, telle fut plutôt la rétribution des actes qu'ils avaient commis en une vie antérieure. De fait, ces personnages-là se paraient de titres et de dignités, jouissaient de la gloire à satiété. À satiété les bienfaits du prince se répandaient sur eux comme pluie bienfaisante. Leur prestige croissait dans le peuple, telle une magnifique floraison. Entre tous le second conseiller inspecteur Mitsuchika, chef de sa maison, en était le pilier ; dignitaire influent à la Cour, il préparait la trame de toutes les décisions de Sa Majesté. Qui l'eût imaginé, que le Ciel ferait tout à coup tomber cette calamité et détruirait sa vie, que la terre ferait soudainement surgir ce désastre et réduirait son prestige à néant ? Hélas ! si la trace de leur pinceau demeurera un témoignage durant mille ans, leur âme, repartie aux Sources jaunes, a erré comme en songe durant quarante-neuf nuits[164]. Cependant, de leur vivant, leur esprit était

164. Les Sources jaunes est l'une des désignations des enfers. Les âmes des morts sont censées errer quarante-neuf jours avant que se décide leur destinée finale.

ferme en toutes circonstances ; ils estimaient que ni vie ni mort ne sont éternelles. À l'ultime moment, ils prononcèrent les dix invocations[165] et partirent pour l'autre monde. Était-ce la fin de l'été, le début de l'automne ? Qu'importent les pensées désordonnées que l'on conçoit dans le trouble de la raison, en ce siècle souillé : ils invoquèrent Amida de la Terre Pure de l'Ouest, ils invoquèrent Kannon. Si, en ce moment, ils ont éveillé pour de bon leur cœur, nul doute qu'Ils sont venus les accueillir[166].

Je poursuis ma route, en contemplant ces lieux : voilà donc la lande où ces hommes dirent adieu à la vie ! Le vent s'est levé dans les herbes ; tiges et feuilles ploient et répandent la rosée[167] : certes, ce monde est la patrie de l'impermanence, mais combien fut cruel leur départ !

---

165. La formule *Namu Amida butsu* : « Hommage au bouddha Amida », répétée dix fois.

166. Ici apparaît une croyance fondamentale dans l'école de la Terre Pure : à l'heure de la mort, le bouddha Amida viendra, avec le bodhisattva Kannon et un cortège d'êtres célestes, prendre l'âme du défunt qui l'aura invoqué avec foi, pour l'emmener dans son paradis, la Terre Pure de l'Ouest.

167. L'auteur semble reprendre ici deux poèmes. Le premier, de Minamoto no Michinari (?-1019), figure dans le *Recueil des fleurs de mots* (n° 337) ; inspiré par *Le chant de l'éternel regret*, il serait mis dans la bouche de l'empereur : « Accablé par mes pensers, / je contemple / cette lande où elle m'a quitté ; / dans les roseaux / passe le souffle du vent ». Le second, dû à l'empereur Murakami (926-967) et composé après la mort de l'impératrice Anshi, figure dans le *Recueil de poèmes glanés parmi les délaissés* (n° 1285) : « Plus [fragile] encore que la rosée / sur les feuilles qui ploient / au vent automnal, / celle qui a disparu, / à quoi la comparer ? »

Certes, ce monde est le domaine du conditionné[168], mais combien ils ont souffert! Fonctions et rangs furent le songe d'une nuit de printemps: ils ont pris fin pour toujours sur l'oreiller du voyage; gloire et félicité furent la rosée d'un matin: elles ont disparu sur leur couche de mousse. Il est établi qu'on ne saurait accompagner les morts sur le chemin de l'autre monde: que ceux qui restent après eux ne s'y résignent pas, à quoi bon? Partis seuls sur la route de l'Est, avec pour unique escorte de sinistres guerriers, combien pitoyables furent leurs pensers! Dans cette cour où les satellites infernaux torturent les damnés, seuls, ils tremblent devant l'arrêt que leur valent leurs actes passés; demeurant séparée d'eux, leur épouse chérie verse des larmes sur cette mort ignominieuse que rien ne laissait présager. La séparation tandis qu'on est en vie, la douleur qui suit la mort, à ces deux maux, quel remède apporter? Quand bien même on peindrait le portrait du défunt, à quoi bon! Combien de temps le regardera-t-on? Il faut se satisfaire de prier pour son âme: ainsi le serment d'être unis pour deux vies ne sera-t-il pas vain.

| | |
|---|---|
| *Omoheba na* | Quand j'y songe, ah! |
| *ukarishi yo ni mo* | C'est un triste monde qu'ils ont rencontré: |

168. Le « monde conditionné » est ce bas monde.

*Ahizaha no*              à Aizawa – marais de la Rencontre :
*midzu no awa to ya*      comme écume sur l'eau
*hito no kienan*          ils ont disparu[169]

Je devais aujourd'hui franchir le mont Ashigara[170] et faire étape à Sekimoto, mais voici que le ciel est déjà traversé par des vols de corbeaux et qu'au sommet des arbres les hérons se disputent les lieux où nicher pour la nuit, si bien que je m'arrête de ce côté-ci de la montagne, au lieu dit Takenoshita. De tous côtés, de hauts sommets : un torrent dans le ravin, des bourrasques qui déferlent, battent contre mon oreiller ; je tends l'oreille : ah ! la rumeur du vent dans les pins ! Des cristaux de givre sur ma manche ? Je les époussette : ce n'était rien d'autre que le reflet de la lune ! Incapable de supporter les pensers qui m'assaillent durant cette insomnie, je me lève et demeure seul à attendre que blanchisse ce qui reste de la nuit.

*Mishi hito ni*           De ces retrouvailles
*ahu yo no yume no*       faites en rêve cette nuit
*nagori kana*             seraient-ce les derniers mots ?
*kagerohu tsuki ni*       Sous la lune brouillée
*matsukaze no kowe*       voix du vent dans les pins

169. L'auteur joue avec le nom d'Aizawa (« marais de la Rencontre »), nom d'une lande à l'étymologie peu claire et mal identifiée géographiquement.
170. Le mont Ashigara marque la frontière entre les pays de Suruga et de Sagami.

*Hukuru yo no*
*arashi no makura*
*hushi-wabinu*
*yume mo miyako ni*
*tohozakari kite*

Dans la nuit qui avance
sur l'oreiller où souffle la bourrasque
je languis solitaire :
mes rêves eux aussi
ont déserté la capitale

Le seizième jour, je quitte Takenoshita et, après avoir traversé la forêt, pousse toujours plus avant, passe le pont de Chizuka – Mille Empans – fait d'un unique rondin, et entreprends de gravir le mont Ashigara en m'aidant de mes mains[171]. Les pins, ces hommes de bien[172], se dressent fièrement, le vent, ce prince, s'empare du chapeau de celui qui passe ici[173], les nuages, eux aussi voyageurs, s'amoncellent sur les branches de la cime, ajoutant à la hauteur du célèbre mont. Au matin, la pluie ne cesse de tomber, révélant que le vent dans les pins n'est qu'illusion[174]. Bientôt le soleil monte derrière la colline, à l'est, les nuages fuient et sur notre route le ciel s'est éclairci. Ce fameux chant de jadis, celui du dieu de la montagne, est passé sur les lèvres des courtisanes ; le cri des singes à la nuit tombée perce le cœur du voyageur. Jadis, une courtisane de l'étape d'Aohaka franchit ce mont Ashigara. À ce moment, le dieu de la

171. L'auteur joue sur le nom de la montagne, *ashi* signifiant « pied ».
172. Pour cette expression (*kunshi no matsu*), voir plus haut, p. 53 et note 97.
173. Le sens de cette comparaison n'est pas entièrement clair.
174. La tradition veut que le bruit du vent dans les pins soit confondu avec celui de la pluie.

montagne, prenant la forme d'un vieillard, lui enseigna une chanson, celle qu'on appelle *Ashigara*[175].

Voilà que la montagne s'élève à quelque dix mille pieds : les reins courbés, on s'accroche aux racines des arbres ; les rocs se succèdent, abrupts, sur quelque mille lieues : la jambe flageolante, on agrippe la barbe des mousses. Cette partie de la montagne, on l'appelle Mumagaeshi – Renvoi du cheval[176]. Si les chevaux s'y arrêtaient, on l'appellerait Mumakura – Selle de cheval[177]. De là, on passe dans le pays de Sagami[178].

| | |
|---|---|
| *Aki naraba* | Si nous étions en automne |
| *ikani konoha no* | ah ! que les feuilles mortes |
| *midaremashi* | tourbillonneraient ! |
| *arashi zo otsuru* | Les bourrasques déferlent |
| *Ashigara no yama* | du sommet de l'Ashigara |

Nous traversons la ville-étape de Sekimoto – Au pied de la Barrière : les habitants, dont les maisons s'alignent

---

175. La présence de courtisanes itinérantes dans les parages du mont Ashigara est notamment attestée par un passage du *Journal de Sarashina*. Voir J. Pigeot, *Femmes galantes, femmes artistes dans le Japon ancien*, p. 44-45 et 253. Le nom d'*Ashigara* a effectivement été donné à une chanson diffusée par les courtisanes, mais, celle-ci n'ayant pas été conservée, les caractéristiques n'en sont pas claires.
176. Lieu non identifié, dont le nom signifie sans doute que le chemin est trop abrupt pour le pas d'un cheval. Le sens de la phrase suivante a découragé les commentateurs.
177. Le nom Mumakura (de *muma* : « cheval » et *kura* « selle ») évoque en outre le mot *makura* : « oreiller ».
178. Aujourd'hui département de Kanagawa.

le long de la route, hébergent les passants et en font les maîtres des lieux. Les courtisanes, qui chantent aux fenêtres, arrêtent les voyageurs et les prennent pour époux. Il faut vraiment avoir compassion de ces femmes qui attachent « l'engagement pour mille années »[179] au rêve d'une seule nuit dans une auberge de voyage, ces femmes qui comptent, pour assurer leur existence, sur le désir des passants. « Point de courtines émeraude, d'alcôves pourpres : les usages ici sont bien différents. Mais dans ces masures précaires aux portes de branchages, le plaisir des rencontres en cette vie est le même »[180].

<table>
<tr><td>Sakura tote</td><td>Les fleurs de cerisier</td></tr>
<tr><td>hana meku yama no</td><td>hier épanouies sur le mont</td></tr>
<tr><td>tani hokori[181]</td><td>à présent jonchent la vallée :</td></tr>
<tr><td>onoga nihohi mo</td><td>leur éclat n'aura duré</td></tr>
<tr><td>haru ha hitotoki</td><td>que l'espace d'un printemps</td></tr>
</table>

Encore que le chemin suive son cours, le nom de l'étape est Sakawa – Rivière à rebours. (Quand la marée monte,

179. Expression désignant le lien conjugal.
180. Citation du célèbre texte *Observer les courtisanes* de Gô Igen (voir *supra*, p. 33 et n. 62). La phrase citée ici fut reprise dans le *Recueil de poèmes à chanter* (n° 719). Mais tandis que Gô Igen décrit les courtisanes qui attendaient les voyageurs sur les fleuves, dans des barques, l'auteur a ici substitué à « barques sur les flots » l'expression « masures aux portes de branchages ».
181. Le mot *hokori* est susceptible de deux interprétations : « la poussière, les débris » ou « la gloire, la fierté ».

le courant de la rivière s'inverse, d'où son nom[182].) Au nord, une colline en pente douce d'un côté: d'anciens champs cultivés ont été ravagés et aux feuilles vertes se mêlent des tiges de massette cassées par le brûlage; au sud, la vaste mer: les vagues bondissent, blancs chevaux qui parcourent toute son étendue. Devant moi la plage s'étend d'est en ouest: on dirait qu'on rince de blanches étoffes dans ces rouleaux qui sans fin se succèdent; derrière moi les champs couvrent de multiples arpents: on a mis à sécher de vertes étoffes sur une forêt de tiges de bambous. En ce moment le soleil, dont la course penche vers l'horizon, cache son éclat derrière les pins des lointaines îles; des inconnus, qui arrivent et font étape ici, lient connaissance sur les nattes de l'auberge. Le cheval épuisé, habitué à l'herbe de là-bas, hennit face au vent du nord dans sa nostalgie du pays de Hu[183]. Les bœufs, mis au repos dans les landes, tendent leur mufle haletant vers la lune à l'instar de ceux du pays de Wu[184]. Quelques chants de rameurs: conduiraient-ils des barques vers les

---

182. En fait, le nom de la rivière ne s'écrit pas avec le caractère « à rebours » 逆 mais, sans doute par une étymologie fantaisiste, avec le caractère « saké » 酒.
183. Citation non littérale d'un vers du premier des *Dix-neuf poèmes [chinois] anciens*. Voir la traduction et le commentaire de Jean-Pierre Diény (*Les Dix-neuf poèmes anciens*, p. 2 et 22-23): « Le mot Hou sert d'appellation générale pour tous les barbares du nord, éleveurs de chevaux ». Ce vers « symbolise l'amour du pays natal ».
184. Le pays de Wu se trouve au sud. Cette expression chinoise traduit la nostalgie du soleil qu'éprouvent ces animaux méridionaux.

bouches du Mingyuexia[185] ? Par myriades, mélopées du vent dans les pins : serait-ce le luth qu'on entend près de l'embouchure du Xunyangjiang[186] ? Je garderai toute ma vie le souvenir de la halte de cette nuit.

| | |
|---|---|
| *Yuki-tomaru* | Sur la grève où je fais halte |
| *isobe no nami no* | déferlent les vagues ; |
| *yoru no tsuki* | en cette nuit, me dirait-on : ô voyageur |
| *tabine no sode ni* | une fois encore sur ta manche |
| *mata yadose to ya* | accueille la lune[187] ? |

Le dix-septième jour, je quitte Sakawa et franchis des collines peu élevées. C'est dans les eaux profondes de la Haya-kawa – la Rivière rapide[188] – que fut plongé l'auditeur et général en second de la garde du corps Norishige[189], devenu limon au fond des eaux. À méditer sur sa vie passée, je ressens une profonde émotion. Ce dignitaire s'illustra, en bénéficiant de l'éclat dont brillait

185. Célèbres gorges de la Chine. On peut penser à des chants de pêcheurs ou de courtisanes.
186. Allusion au célèbre poème de Bai Juyi la « Ballade du luth » (*Pipa xing*) traduit par Florence Hu-Sterk dans *Anthologie de la poésie chinoise*, p. 462. Y est évoquée une joueuse de luth sur une barque.
187. Le reflet de la lune sur les vagues est implicitement comparé à son reflet sur les larmes qui mouillent la manche de tout voyageur digne de ce nom. Le poème traduit le désir du voyageur de revenir un jour en ces lieux inoubliables.
188. Rivière qui se jette dans la baie de Sagami, dans l'actuelle ville d'Odawara.
189. Fujiwara no Norishige (?-1221), victime des guerres de la 3ᵉ année de Jôkyû, fut emmené prisonnier vers Kamakura, mais préféra cette mort à la décapitation qui l'attendait.

la mère de ce pays, le Japon[190] ; sa maison baignait dans l'opulence, arrosée qu'elle était par les bienfaits du fils du Ciel, le saint empereur. Membre de Sa Garde, il était florissant ; en ce printemps de sa vie, le parfum de ses succès se répandait dans l'empire. Sur lui passait la tiède brise venue du mont des Immortels[191] ; l'écho de sa réussite résonnait dans les contrées proches et lointaines. L'eût-il imaginé, que cet arbre superbe serait frappé par la tempête et verrait ses fleurs dispersées, que le cours des eaux se précipiterait et emporterait sa vie comme l'écume ? Des branches de cette lignée, celle-ci fut la seule à être brisée ; de sa résidence ne restent plus que des traces, à présent inutiles. Bien qu'aussi inséparables que les deux yeux, il ne put demeurer avec son épouse : il fut plongé dans les eaux d'une région lointaine et ne revint jamais[192]. Ici s'acheva sa vie. Cette rivière conduirait-elle au fleuve des enfers ? Ne dites pas que l'eau est dépourvue d'âme ! Car le sanglot des vagues suscite mon affliction.

190. Une sœur de Norishige fut impératrice de l'empereur Gotoba (1180-1239), empereur retiré exerçant la réalité du pouvoir, et mère de l'empereur Juntoku (1197-1242).
191. Métaphore du palais de l'empereur retiré.
192. L'évocation de la noyade de Norishige est annoncée par le début de la phrase où, selon une métaphore d'origine chinoise, l'union d'un couple est comparée à celle des poissons plats comme le carrelet, qui, ayant les yeux du même côté de la tête, sont contraints de se déplacer l'un contre l'autre, « joue contre joue ».

*Nagare-yukite*        Du fleuve qui va

*kaheranu midzu no*     et jamais ne reviendra

*ahare tomo*         l'écume hélas! tôt effacée

*kienishi hito no*      me semble la trace

*ato to miyuran*       de celui qui disparut

À ce propos, je m'informe et apprends que c'est à Tôyama, dans la province de Mino, que l'auditeur et général en second de la garde du corps Ichijô Nobuyoshi[193] perdit la vie, rosée dispersée par la tempête. L'amertume qu'il éprouva en quittant sa demeure le jour où, à la capitale, il prit congé des siens, lui valait un mauvais karma; cependant lorsqu'il mourut sur le chemin du voyage, la joie d'avoir rompu les liens de ce monde fut pour lui un encouragement sur la voie du Salut dans l'Au-delà. Il joignit les paumes, rectifia ses pensées, et son âme l'abandonna. À considérer ses derniers instants, on peut affirmer que sa Renaissance dans la Terre pure n'est point douteuse. Quand bien même, dans les régions de l'Est, les braves ont abattu à jamais cet arbre pourtant promis à la longévité, dans la contrée de l'Ouest la foule des saints doit le conduire vers les fleurs de lotus du Paradis aux neuf degrés de Renaissance.

Prenant son essor, il siégeait au Palais dans la salle du Conseil sur l'une des huit nattes réservées aux

---

193. Ichijô (Fujiwara) Nobuyoshi: né en 1190, il participa aux troubles de Jôkyû et fut décapité en 1221.

auditeurs, illustrant ainsi sa famille. Commandant de la garde en même temps qu'auditeur, en toutes circonstances il accourait à la Résidence de l'Empereur retiré, cette grotte de l'Immortel. Fleur éclose sur une antique branche, il s'épanouissait à la brise embaumée du printemps. Mais alors qu'il était au zénith, que sa fortune n'avait pas encore commencé de décliner tel le soleil vers les nuées du Ponant, voilà que, ô désolation, il est mis en terre, voilà les portes de son sépulcre à jamais fermées ! Pourquoi avoir déserté ce splendide séjour ? Reste une demeure privée de maître. Ses proches ont beau se lamenter, cela ne sert de rien : le voilà qui périt seul sur la route du voyage ! Yang Guozhong[194] partit dans l'autre monde : je ne sache pas que quiconque l'ait pleuré. L'auditeur perdit la vie à Tôyama − mont Lointain : chacun d'imaginer l'amertume qu'il éprouva en ces lointaines contrées. Le prince du Dongping[195] regrettait son pays natal au point que le vent, au-dessus de sa tombe, soufflait vers l'ouest. En vérité, il dut en être ainsi pour l'auditeur : quelle pitié !

| *Omohiki ya* | L'eût-il pensé ? |
| *miyako wo yoso ni* | que laissant la capitale |

194. Frère de la concubine Yang (voir *supra*, n. 138), Yang Guozhong fut exécuté avec elle.
195. Liu Cang, fils de l'empereur Guangwu de la dynastie des Han orientaux fut nommé prince de la province orientale du Dongping, où il mourut.

| | |
|---|---|
| *wakaredji no* | sur le chemin de la séparation |
| *Tohoyama no he no* | au pied du mont Lointain – Tôyama – |
| *tsuyu kien to ha* | comme rosée il disparaîtrait |

Oui, la vie humaine est semblable aux feuilles mortes du jardin qu'emporte le vent. Le vent s'arrête-t-il de souffler, elles s'immobilisent. La mort, si l'on y songe, n'est que la halte du voyageur dans une auberge. Se sépare-t-on ici? On renaîtra ailleurs. Seuls ceux dont le regard est obscurci par les passions s'affligent de ne pas voir, seuls ceux dont le cœur demeure dans l'ignorance se plaignent de ne pas savoir. Que ceux qui regrettent de se séparer avant l'heure se promettent de se retrouver au pays du Bouddha! Que ceux qui chérissent le souvenir d'un bienfait présentent prières et offrandes pour la Renaissance de leur bienfaiteur!

| | |
|---|---|
| *Imasara ni* | À quoi bon maintenant |
| *nani nagekuramu* | ces lamentations? |
| *suwe no tsuyu* | Ne sait-on d'avance |
| *moto yori kien* | que la rosée à la pointe de la feuille |
| *mi to ha shirazu ya* | est vouée à disparaître[196]? |

Comme je poursuis ma route au loin et passe les baies d'Ôiso – Grande Grève – et de Koiso – Petite

---

196. Référence au fameux poème de Henjô déjà mentionné (voir p. 87 et n. 163).

Grève[197] –, les nuages semblent jeter un pont au-dessus des vagues, les pies, se faisant nochers, vont et viennent à travers le ciel[198]. Ah! Comme ce ciel est désolé! Pourtant d'autres voyageurs passeront ici sans s'émouvoir!

| | |
|---|---|
| *Ohoiso ya* | Au vent de la mer |
| *Koiso no ura no* | qui souffle sur les baies |
| *urakaze ni* | d'Ôiso et Koiso |
| *yuku tomo shirazu* | ma manche se retourne |
| *kaheru sode kana* | ignorant que je poursuis ma route |

Ayant franchi la rivière de Sagami, j'entre dans Futokoro-jima, puis en sors[199] pour m'engager dans la lande de Togami. Je tourne mes regards au sud vers la baie : les flots tissent une immense étoffe moirée, mise à blanchir. Je contemple au nord la plaine : l'herbe teinte de vert, un drap qui sèche au soleil. Au milieu de cette lande se trouve le lieu dit Yatsumatsu – les Huit Pins. Je fais halte sous leur ombrage huit fois

197. Ôiso, Koiso : ces deux baies (la seconde à l'ouest de la première) se trouvent en Sagami (aujourd'hui département de Kanagawa).
198. La (les) pie(s) : allusion à la légende voulant que, le 7ᵉ jour du 7ᵉ mois, des pies forment avec leurs ailes un pont au-dessus de la Rivière du ciel (la Voie lactée), pour permettre aux étoiles du Bouvier et de la Tisserande de se retrouver (rencontre célébrée par la fête de Tanabata).
199. L'auteur joue sur le mot *futokoro*, le sein, l'ouverture du vêtement sur la poitrine, qui sert de poche.

millénaire, admirant la splendeur de ces vénérables seigneurs[200] :

| | |
|---|---|
| *Yatsumatsu no* | Est-ce pour imiter |
| *chiyo huru kage ni* | les arbres millénaires |
| *omohinarete* | de Yatsumatsu ? |
| *Togami ga hara ni* | De la lande de Togami |
| *iro mo kaharazu* | les couleurs ne s'altèrent pas |

Je traverse la rivière Katase et longe la grève d'Ejiri – l'Embouchure. Au milieu de la baie se dresse un rocher isolé. Sur ce rocher est établi un sanctuaire vénéré, dit de la Grande Divinité d'Ejiri[201]. La puissance et l'efficace en sont particulièrement manifestes, de sorte que les barques qui passent auprès en descendant vers la mer s'acquittent d'une offrande. Comme on me dit que les moines ne viennent pas vénérer le sanctuaire, j'en demande la raison. On me raconte que jadis, en un temple de montagne des environs, vivait un moine de l'école Zen, qui psalmodiait nuit et jour le Sûtra du Lotus. C'est alors qu'apparut une figure féminine : elle passait chaque

200. Le pin est ici désigné par le terme *jûhachi-kô* 十八公 « dix-huit » et « seigneur », qui décompose les éléments du sinogramme 松. Allusion à un distique en chinois de Minamoto no Shitagô recueilli dans le *Recueil de poèmes à chanter* (n° 425) : « La gloire du pin apparaît quand le givre l'a couvert ; sa couleur millénaire s'approfondit dans la neige ».
201. Le sanctuaire est plus connu sous le nom de sanctuaire d'Enoshima (dans la ville de Fujisawa), consacré à Benten, divinité des eaux et de la musique.

nuit à écouter la lecture du Sûtra, puis disparaissait soudainement à l'aube sans que l'on sût où elle allait. Intrigué, le moine se procura un fil qu'à son insu il fixa au bas de son vêtement. Quand le jour se leva, il suivit le fil, qui traversait la mer jusqu'au rocher. Il s'enfonçait dans une grotte et voilà qu'il était fixé à la queue d'un dragon ! Honteux d'être surpris sous son aspect véritable, le dieu dragon interdit désormais aux moines l'accès à ces lieux[202]. Voilà ce qu'on raconte.

Les manifestations provisoires sont des apparitions salvifiques[203]. Dès l'instant que l'on s'est montré sous une forme empruntée, pourquoi en éprouver de la honte ? Répandre l'enseignement des Écritures est la mission des moines qui s'adonnent à la récitation du Sûtra. Si l'on vénère les Écritures, pourquoi vouloir écarter les moines ? Le serment profond du Bouddha de sauver tous les êtres emplit les mers, Traces descendues sur les flots. Son être véritable est connu jusqu'au ciel, voix qui résonne dans les nuées. Néanmoins il n'est pas donné aux hommes de percer les intentions des dieux. Aussi passai-je mon chemin après m'être prosterné, me conformant aux usages établis par les desservants du sanctuaire.

---

202. De nombreuses légendes japonaises ressemblent à celle-ci.
203. Sur le dogme du *honji suijaku* qui fait des dieux du Japon des « traces » ou avatars des bouddhas, voir *supra*, n. 56.

*Enoshima ya*  
*sashite shihodji ni*  
*ato taruru*  
*kami ha chikahi no*  
*hukaki narubeshi*

À Enoshima  
sur ces flots marins  
Elle fait descendre sa Trace :  
profond doit être le serment  
de la Divinité !

Sur mon chemin, vers le nord se dresse une haute montagne. Non que son sommet chauve soit bien imposant, mais il ne manque pas d'intérêt en raison des rochers aux figures curieuses qui s'y alignent. Je retiens mes pas pour examiner ces pierres : ce sont des blocs jadis creusés et sculptés par les flots. Apparemment, avec le temps, la mer s'est retirée. Je passe à Koshigoe, entre des collines peu élevées, et parviens à Inamura. Je me fraie un chemin à travers un amoncellement de rochers abrupts. Les vagues viennent frapper ces rocs et s'épanouissent en gerbes fleuries qui retombent aussitôt.

*Ukimi wo ba*  
*uramite sode wo*  
*nurasu tomo*  
*sashite ya nami ni*  
*kokoro kudakan*

Alors que me lamentant  
sur mon triste sort  
je mouille mes manches  
faut-il qu'en outre les vagues  
me fracassent le cœur ?

Comme s'achève l'heure du Singe, je fais halte sur la grève de Yui[204]. Après m'être un peu reposé,

---

204. La grève de Yui désigne la partie de la baie de Sagami sur laquelle est construit Kamakura. Le voyageur est donc parvenu au terme de son voyage.

je visite les lieux. Les barques disposées en files par centaines rappellent la baie d'Ôtsu. Les habitations alignant leurs toits par milliers ne diffèrent guère de celles du port d'Ôyodo[205]. Je passe la fin de la journée près du portique du sanctuaire, puis je suis l'avenue Wakamiya[206] jusqu'à mon auberge. La lune est haute dans le ciel et la minuit, passée, quand, me souvenant avec inquiétude de ma vieille mère laissée à la capitale :

| | |
|---|---|
| *Miyako ni ha* | Je repense à celle |
| *hi wo matsu hito wo* | qui attend le jour ultime |
| *omohi-okite* | à la capitale |
| *Adzuma no sora no* | tandis que je contemple la lune |
| *tsuki wo miru kana* | dans le ciel de l'Est |

À l'aube résonnent les cris répétés des coqs. Tiré de mon rêve dans cette auberge d'une nuit, je sors et regarde autour de moi : la lune déclinante luit à l'ouest au-dessus du toit.

| | |
|---|---|
| *Omohiyaru* | Mes pensées s'en vont |
| *miyako ha nishi ni* | vers la capitale à l'ouest : |

L'heure du Singe correspond à la fin de l'après-midi.
205. Ôtsu : à la pointe sud du lac Biwa (voir *supra*, n. 27). Ôyodo : port fluvial sur la Yodo-gawa, au sud-ouest de Kyôto.
206. Grande avenue de Kamakura, dans l'axe nord-sud, qui relie à la mer le sanctuaire de Wakamiya (Tsurugaoka Hachimangû), décrit plus loin.

*ariake no*  la lune de l'aube
*tsuki katabukeba*  déclinant à l'horizon
*itodo kohishiki*  avive mes regrets

Le dix-huitième jour. Une haute colline de forme arrondie se dresse contre l'auvent sud de mon auberge. Un fin ruisseau coule à son pied. Le vent du sommet a cessé de mugir, le soir il retourne mes manches. Dans son cours sinueux le ruisseau murmure, la nuit il baigne mes rêves. Je brûlais de visiter à loisir ces lieux qui m'attiraient depuis des années, mais n'étant pas encore habitué à voyager, je passe la journée sans rien entreprendre. Comptant sur un ou deux hommes de ma connaissance qui habitent ici, je décide de leur rendre visite, mais lorsque je passe chez eux, ils sont justement sortis. Désemparé, je compose ce poème :

*Tanomitsuru*  Absent, celui
*hito ha nagisa no*  sur qui je comptais / sur la longue grève :
*katashi gahi*  valve d'une coque dépareillée
*ahanu ni tsukete*  je maudis la malchance
*mi wo uramitsutsu*  qui m'empêche de le rencontrer

J'ai ici beaucoup de vagues relations, mais nous ne sommes pas assez intimes pour que je me fasse connaître. Du nombre est pourtant un vieil ami, avec qui le hasard me permet d'avoir un entretien. Nous évoquons d'abord avec tristesse « les années passées qui semblent aujourd'hui n'avoir été qu'un songe[207] », puis nous déplorons les malheurs du temps présent, si différent des jours anciens. Nous devisons un moment et l'un avec l'autre épanchons nos cœurs.

Je sors ensuite pour contempler le site : le paysage, avec mer et montagnes, rivières et arbres, en vaut la peine. La ville n'est ni grande ni petite ; des voies se croisent et pénètrent entre les collines. Cela forme ici et là des quartiers, des hameaux, et l'aspect des lieux étonne tout d'abord quand on se réfère à la capitale. On a réuni ici des personnages puissants, des personnages avisés, et ces parages où s'alignent portails et murs d'enceinte paraissent florissants.

Par l'interstice d'une clôture, je jette timidement un regard sur le palais du shôgun. Se déploie là une magnifique résidence, dont les vertes jalousies offrent un aspect riant ; les balustres vermillon sont façonnés avec art, les dalles de la cour étincellent. Familières du printemps, les fauvettes mêlent leur gazouillis aux propos fleuris des nobles convives réunis dans le

---

207. Citation d'un poème de Bai Juyi évoquant le passé et la disparition de ses amis (*Recueil de poèmes à chanter*, n° 742), sans doute ici appliqué aux victimes des troubles de Jôkyû.

pavillon[208] ; arrivés au matin, de magnifiques chevaux hennissent devant le portail où l'on se bouscule. Sans conteste, le noble seigneur issu de la colline de Kasuga[209] resplendit de l'éclat de son haut parage et tout le peuple a les yeux levés sur lui. Les mœurs du pays chassent toute souillure comme le vent, la poussière ; le prestige du shôgun s'étend jusqu'au loin et aux quatre horizons sa renommée suscite la crainte. À quoi bon le dire ? De la source qui coule depuis jadis les eaux sont toujours plus limpides, et son cours transparent vivifie la voie ouverte à la postérité ; des fleurs nouvellement épanouies brille l'éclat, et les mauves glycines sont promesse pour dix mille années[210]. En règle générale, c'est en siégeant, immobiles derrière les tentures que les gouvernants conçoivent les mesures à prendre et les châtiments à exercer dans provinces et cantons. Bien plus, chacun oublie de verrouiller sa porte et, la nuit, laisse ouverte sa maison. La vertu règle les cœurs et ceux qui pourraient s'enorgueillir ne montrent aucune arrogance. C'est là le comble du bon gouvernement ; on voit là l'ordre régner.

208. Allusion à la présence de courtisanes venues égayer les banquets.
209. Le shôgun Yoritsune (1218-1256), alors âgé de cinq ans, appartenait à la famille Kujô, une branche des Fujiwara, clan dont le fondateur recevait un culte au sanctuaire de Kasuga, à Nara.
210. L'auteur joue ici sur le nom des deux familles d'origine des shôguns : la première, au pouvoir de 1192 à 1219, était celle des Minamoto, dont le nom signifie « la source » ; la seconde, en place de 1219 à 1252, était celle des Fujiwara, littéralement « la lande aux glycines ».

*Yoru no to mo*   En cette paisible auberge
*nodokeki yado ni*  même de nuit les portes
*hiraku kana*    demeurent ouvertes :
*kumoranu tsuki no*  on se fie à la clarté
*sasu ni makasete*   d'une lune sans nuages

Guidé par mon vieil ami, je fais en flânant le tour des lieux. À l'extrémité sud-est, un port : tout un peuple de marchands s'y affaire ; à l'est, à l'ouest, au nord, trois quartiers : des collines plus ou moins hautes les enclosent comme autant de paravents et en font la beauté. Quand on va jusqu'au pied de la colline qui s'élève au sud, on voit un grand temple[211]. Nous rendons hommage au nouveau temple[212] : la lumière qu'irradie la protubérance crânienne du Bouddha[213], les joyaux de sa parure, brillent devant nos yeux ; sur les poutres colorées de cet édifice semblable au Palais de la lune, or et argent rivalisent d'éclat.

Poursuivant notre visite jusqu'au pied des collines de l'est, nous nous recueillons au Pavillon à double toit[214].

211. Il s'agit du Shôchôju-in, fondé en 1185 par Minamoto no Yoritomo (1147-1199) à la mémoire de son père. Il a aujourd'hui disparu.
212. Sans doute le Daiji-ji, fondé par le fils de Yoritomo, Minamoto no Sanetomo (1192-1219), en 1214 et aujourd'hui disparu.
213. L'un des trente-deux signes physiques caractérisant les bouddhas.
214. Disparu dans un incendie, l'Eifuku-ji, aussi appelé « Pavillon à double toit » (Nikai-dô), était encore une fondation de Yoritomo.

Il l'emporte sur les autres et notre admiration est à son comble. Son avant-toit doublement étagé, avec ses tuiles étincelantes, semble un canard mandarin déployant ses ailes ; sur le socle où le Bouddha repose ses pieds on a déposé un plateau d'or, et l'on a suspendu des lampes en forme d'oies sauvages. Sans doute des artistes dignes de Luban ont-ils ici exercé tout leur savoir-faire : en voir le faîte se détacher sur le ciel rafraîchit le cœur. Un Bishu[215] ayant ici dépensé tout son art, s'éveille dans l'âme le désir d'avouer ses fautes. Examine-t-on les lieux ? Sur la colline se dressent des arbres aux troncs tortus, dans les cours, des pierres aux formes étranges. La disposition de l'ensemble est admirable : on peut parler ici de la retraite des Immortels. Les nuées flottent au-dessus des trois îles paradisiaques, les vagues sur soixante-dix mille lieues battent les rives de l'étang, une brume s'élève jusqu'aux cinq palais, le vent des douze tours balaie les perrons. Nous qui, entrés en ce temple par hasard, en sommes les hôtes d'une demi-journée, ne retrouverons-nous pas, une fois sortis, nos descendants à la septième génération[216] ?

215. Lu Ban (c. 507-444 av. J.-C.) était un célèbre artisan de la Chine ancienne, Bishu ou Bishukatsuma, une divinité « architecte de l'univers et artisan des dieux dans l'ancienne mythologie indienne » (B. Frank, *Histoires qui sont maintenant du passé*, p. 234).
216. Citation quasi littérale d'un distique en chinois d'Ôe no Asatsuna (886-

Le soir venu, nous nous en retournons vers l'ouest. Nous montons à la Colline-aux-grues et faisons nos dévotions dans le sanctuaire aux colombes[217]. L'enceinte sacrée de couleur vermillon se reflète dans le divin miroir, les bandelettes votives immaculées accueillent le vent du soir, les ferrures en argent des chevrons donnent de l'éclat aux balustres de cinabre, les tentures de brocart se balancent aux magnifiques avant-toits. Comme je demeure un peu de temps auprès de l'enceinte sacrée à entonner un sûtra[218], voici que le chant d'une prêtresse[219] rejoint ce mystérieux enseignement qui veut que les dieux soient la Trace descendue des bouddhas ; la voix des moines qui lisent les sûtras nous dit les causes et conditions qui font que la foule des êtres réalise l'Éveil. Si, au-dessus des nuages, l'éclat serein de la lune – Nature de la Loi – s'affaiblit, dans le bosquet du sanctuaire cadet le vent qui manifeste la réponse du Bouddha aux êtres, lui, est toujours nouveau.

957) (*Recueil de poèmes à chanter*, n° 545). Référence à la légende chinoise des îles, séjours des Immortels, où le temps est figé : qui s'en revient dans le monde des hommes y retrouve ses descendants à la septième génération.
217.  Plus connu sous le nom de Tsurugaoka Hachiman-gû, ce célèbre sanctuaire fut fondé par Yoritomo. La colombe est le messager de la divinité Hachiman.
218.  Peut-être au bénéfice des victimes des troubles de Jôkyû, évoqués plus haut.
219.  Sur les chants des *miko*, voir J. Pigeot, *Femmes galantes, femmes artistes*, p. 248-251.

*Kumo no uhe ni*       Au-dessus des nuées
*kumoranu kage wo*      pur est son éclat,
*omohedomo*            en esprit je le vois,
*kumo yori shita ni*      mais au-dessous des nuées
*kumoru tsuki-kage*     l'éclat lunaire s'ennuage[220]

Arrêtant mes pas sous la clarté de la lune, je contemple les branches qui se détachent à peine sur le mont Iwayadô et c'est le cœur troublé que je regagne le logis.

Pour avoir eu la chance de descendre en cette province, je souhaiterais vivement faire à loisir le tour des lieux, mais la durée de mon séjour à Kamakura étant limitée à une dizaine de jours, c'est demain déjà, avant l'aube, que je dois prendre le chemin de la capitale. Aussi me hâté-je de rouler les nattes du repas d'adieux et de préparer mon départ. À ce moment la cloche du soir vient surprendre mon oreille : ces journées d'été que je présumais longues, aujourd'hui touchent déjà à leur fin ! S'abriter sous un même arbre témoigne d'un lien qui remonte à une vie passée[221] ;

220. Les répétitions de mots figurent dans l'original. Bien entendu, les nuages sont la métaphore de l'erreur, et la clarté lunaire celle de l'enseignement bouddhique.
221. Expression convenue signifiant que tout, en cette vie, est le fruit d'une existence antérieure.

il était ici une personne avec qui j'avais échangé des cartes de visite, noué des liens solides. Demeurant un moment à déplorer de nous quitter, nous laissons parler nos cœurs :

*Kite mo tohe*    Aujourd'hui pour la dernière fois
*kehu bakari naru*   je revêts l'habit de voyage :
*tabi-goromo*     demain de la capitale
*asu ha miyako ni*    je reprends le chemin.
*tachi-kaherinan*    Venez donc m'y retrouver !

Sa réponse :

*Tabi-goromo*     Que vous revêtiez
*nare kite woshiki*    votre habit de voyage
*nagori ni ha*      m'emplit de regrets :
*kaheranu sode mo*   je m'en veux de ne pouvoir
*urami wo zo suru*    repartir avec vous

Alors que la brève nuit du cinquième mois va prendre fin avec le premier chant du coucou, j'abandonne la brassée de feuillages d'acore qui m'a servi d'oreiller et me mets en route, lui promettant d'incertaines retrouvailles.

*Karihushi no*     Si éphémère que fût
*makura nari tomo*    cette halte d'une nuit,
*ayame-gusa*      nos serments échangés

*hitoyo no chigiri* durant ces instants trop brefs
*omohi-wasuru na* ne va pas les oublier !

Sur le chemin du retour, l'image des vagues contemplées à la grève de Yui envahit mon esprit, et même une fois dans les landes, même dans la montagne, j'ai le sentiment de ne pouvoir m'en détacher.

*Narenikeri* J'en étais le familier...
*kaheru hamadji ni* sur le chemin du retour
*mitsu shiho no* le flot qui gagne la plage
*sasuga nagori ni* vient mouiller ma manche
*nururu sode kana* de regrets durables

Comme la personne sur qui je comptais en descendant à Kamakura avait inopinément décidé de se rendre à la capitale, je conçus le dessein d'abandonner ces lieux avec lesquels je n'avais plus de liens et de réaliser un vœu ancien : faire, si l'occasion se présentait, pèlerinage au Zenkô-ji[222]. Mais j'avais à la capitale fleurie une mère très âgée. Retombée en enfance, elle se languissait de son fils et l'attendait. Et ce fils, qui errait dans ces contrées barbares, séparé d'elle par dix mille lieues, la gardait dans son cœur. C'est pour accomplir une ascèse que je lui

---

222. Très célèbre temple consacré à Amida, affilié à la fois à l'école du Tendai et à celle de la Terre Pure. Situé dans l'actuelle ville de Nagano, il reste l'un des lieux de pèlerinage les plus fréquentés du Japon.

avais demandé congé et étais parti, mais ne m'en voulait-elle pas de l'avoir abandonnée ? Bien qu'entrer dans le domaine de l'inconditionné[223] soit la manière véritable de témoigner reconnaissance aux parents, la loi du monde conditionné veut que l'éloignement suscite chez eux le ressentiment. Jamais je n'avais imaginé pérégriner ainsi dans les contrées reculées de l'Est, et maintenant plus encore je me hâte sur la route de l'Ouest, dans mon désir de regagner ma demeure. Être présent à ses derniers moments dépend des actes accomplis dans mes vies antérieures : même vivant à ses côtés, je puis manquer l'ultime instant, tandis que, même partant au loin, je puis être revenu à temps. Cela dépend de la force du lien noué en une vie antérieure, et je m'en remets à la présence en moi de la volonté de la revoir. Que le fils aussi bien que la mère soient avancés en âge, voilà qui est navrant. Qui des deux partira le premier ? Qui, le dernier ? Je déplore seulement que cette mère, telle un arbre sur la montagne courbé au-dessus du précipice de ses quatre-vingts ans, n'ait pas vu s'épanouir une seule grappe de ses blanches fleurs, et que ce fils, tel la mousse racornie sur le rocher, se soit vu au long de cinquante années battu par les vagues du temps sans avoir encore recueilli pour elle une goutte nourricière[224].

223. C'est-à-dire, entrer en religion.
224. Métaphore de la piété filiale.

Si je n'accomplis pas ma volonté de m'enquérir d'elle chaque matin, d'assurer son repos chaque soir, où sera le mérite acquis en priant les bouddhas, en priant les dieux ? Je l'ai entendu dire, que bouddhas et divinités avaient fait le serment d'accorder leur protection à qui pratiquerait la piété filiale, que sûtras et commentaires contenaient les louanges de ceux qui rendent à leurs parents les bienfaits reçus. Jadis, dans la force de l'âge, je priais le Ciel en m'en remettant à mes actes à venir ; aujourd'hui, vieux et décrépit, je me retourne vers ces mérites insuffisants acquis dans le passé, et je m'accable de reproches. Serait-ce que dans mon cœur, obnubilé par mon manque de foi, ne pénètre pas la clarté de la lune, réponse du Bouddha aux impulsions des êtres ? Ou bien que, pour n'avoir pas en une vie antérieure semé des graines aux germes bénéfiques, je ne récolte en celle-ci que de maigres fruits ? S'il faut attribuer mon sort en cette vie à la rétribution de mes actes passés, à quoi bon compter sur le Vœu du Bouddha[225] ?

225. Le Vœu ou serment qu'ont fait les bouddhas et les bodhisattvas, et au premier chef Amida, est de sauver les êtres. Dans l'école de la Terre Pure, la référence fondamentale est le Sûtra des contemplations du Buddha Vie-Infinie (*Kanmuryôju kyô*), où l'on voit Amida prononcer quarante-huit vœux, le dix-huitième étant : « Si je deviens buddha et que les êtres des dix directions qui, d'un cœur sincère et d'une foi réjouie, désirent naître en mon royaume – ne serait-ce qu'en dix commémorations –, n'y naissent pas, je ne prendrai pas le parfait éveil ! » (Ducor Jérôme et Loveday Helen, *Le Sûtra des contemplations du Buddha Vie-Infinie – Essai d'interprétation textuelle et iconographique*, p. 391).

Si ce serment est digne de foi, pourquoi ma piété filiale serait-elle vaine ? Quoi qu'il en soit, je demeure dans l'incertitude et une cuisante amertume m'envahit. Que Ton divin regard l'apaise ! Fais descendre sur moi Ta pitié ! N'ai-je pas, sous les yeux d'une tendre mère[226], ouvert mon cœur et demandé son pardon avant de couper mes cheveux blancs ? Ne lui ai-je pas, fils indigne, exposé mes aspirations profondes avant de revêtir l'habit couleur d'encre ? Quand bien même je ne parviendrais pas à trouver en un matin de neige ces pousses de bambous qui n'existent qu'en rêve[227], le lotus du chemin de l'Illumination ne manquera pas de s'épanouir pour elle dans la rosée du Paradis suprême[228]. La piété filiale, c'est que moi, son fils, j'aille au bout de mes aspirations : que le souffle du vent ne soit pas chargé de mes soupirs de regret !

| | |
|---|---|
| *Ikani sen* | Ah ! Que faire ? |
| *musubu konomi wo* | Sans attendre |
| *matazu shite* | qu'il donne du fruit / |
| | que j'atteigne mon but |

---

226. Selon certains commentateurs, cette « tendre mère » (*hibo*) serait le bouddha Amida, comme il sera appelé plus loin. La mère de l'auteur serait déjà morte au moment où il rédigeait ce texte.

227. Allusion à une célèbre anecdote chinoise où un homme mû par la piété filiale cherche dans la neige les pousses de bambous que souhaitait sa mère.

228. Littéralement, du 9ᵉ étage du Paradis. Siéger sur un lotus au Paradis est l'image du Salut, que l'auteur semble ici promettre à sa mère.

*aki no hahaso ni*       le vent de la montagne déferlera-t-il
*otsuru yama-kaze*     sur le chêne automnal /
                      sur ma mère ?[229]

Comme les régions de l'Est ont tout nouvellement reçu la Loi du Bouddha[230], c'est elles que doit d'abord parcourir le novice dont le cœur s'est éveillé. Aussi est-ce en ces terres nouvelles de l'Est que je voudrais effectuer les premiers pas dans la Voie, qui me conduiront – fruit de mes efforts – à voir s'ouvrir à l'Ouest les portes de la parfaite Connaissance. Voyez donc : même lorsqu'on parcourt les rivages souillés de ce monde, le sable blanc, pourtant, réjouit les yeux. À plus forte raison, quel désir vous prend de voir, quand on les évoque, les chemins bordés d'un cordon d'or au Paradis ! La brise qui souffle dans la septuple rangée des arbres d'argent y fait entendre la voix de la non-douleur ; la rosée sur les mille feuilles des lotus pourprés se teinte aux couleurs de la félicité perpétuelle. Dans l'étang du mérite, l'eau nettoie la sueur de l'attachement ; dans la forêt des racines de

229. Ce poème s'appuie sur un passage du *Compendium de la Renaissance dans la Terre Pure de l'Ouest* (voir *supra*, n. 63) : « L'arbre aspire au calme, mais le vent ne cesse point ; l'enfant aspire à prendre soin de ses parents, mais ceux-ci ne l'attendent pas ». C'est de ce même ouvrage que s'inspire la description du Paradis qui va suivre.
230. En effet, le bouddhisme, introduit au Japon par des moines coréens et chinois, s'implanta d'abord dans l'ouest et le centre du pays.

bien, les fleurs produisent les fruits de l'Éveil. Le palais du Bouddha se transporte à travers les airs dans les dix directions et lorsque, sans le quitter, Il passe en un lieu, Il se plaît à y dispenser ses bienfaits. Tous ceux qui renaissent en Son Paradis se mêlent avec ferveur à l'assemblée qui écoute Sa Prédication, et leur vie se prolonge sans limites ; ceux qui, tant qu'ils sont, accèdent à Son Paradis, ont le privilège de jouir de ces trésors que sont la contemplation du Bouddha et l'audition de Sa Loi, et partagent une félicité sans retour. Ceux qui, vie après vie, ont durant des temps immémoriaux été père ou mère, y apparaissent, ô merveille ! comme des Ainsi-Venus véritables ; ceux qui, renaissance après renaissance, ont été épouses ou enfants, y nouent à leur gré un lien avec les bodhisattvas nouvellement arrivés[231]. La bouche y savoure pleinement « le mets d'allégresse de la Loi et le mets d'extase méditative », le corps se trouve paré « de majesté dans la distinction »[232]. Dans leur totalité, les trois mille mondes[233], saisis en une seule pensée, s'éclairent dans notre poitrine,

---

231. Père, mère, épouse, enfants représentent ici toute l'humanité. Les liens familiaux, souvent rejetés par le bouddhisme, sont ici reconnus positivement.
232. Expressions empruntées au Sûtra du Lotus, respectivement aux chap. VIII (traduction J.-N. Robert, p. 195) et XXVII (trad. p. 383).
233. C'est-à-dire la totalité de l'univers. L'auteur va énumérer, comme à plaisir, onze expressions bouddhiques où figure un chiffre.

tels la lune ; cette vérité suprême qu'est la Vacuité de toute chose, telle une eau limpide, loge dans notre cœur en toute pureté. Grâce à cela, nous serons tirés de ce sommeil où nous sommes plongés depuis des temps sans commencement, avec ses rêves perpétuels, et les ténèbres où tourne la roue des Six Voies[234] se dissiperont pour nos yeux aveugles. Le roi à la Pensée Insurpassable[235] se promit d'aimer les habitants de son pays, et il se dévoue à ce bas-monde ; le bodhisattva Trésor de la Loi[236] avait le cœur plein de délicatesse envers ceux qui le servaient, et sa compassion est profonde à notre égard. C'est pourquoi, maître des Neuf degrés du Paradis, Il y exerce son juste gouvernement, et ceux qui Le vénèrent de tout leur cœur, Il les récompense en les attirant tous à Lui, tels qu'ils sont ; Il convoque le Conseil des bodhisattvas, et ceux-ci prononcent que toutes les fautes que perpètrent ces brigands que sont nos six organes[237] ne sont que néant, absence de souillure. Sur le piédestal aux sept matières précieuses, ce maître des quarante-huit Vœux[238] fait rayonner Sa lumière, fruit des réflexions poursuivies

234. Les six conditions de la roue des existences où sont entraînés les êtres, renaissance après renaissance.
235. Mushônen : nom du bouddha Amida avant son entrée dans la voie de l'ascèse.
236. Hôzô : son nom avant son accession au rang de bouddha.
237. Les cinq organes des sens et « l'organe mental ».
238. Voir plus haut, n. 225.

120

durant cinq ères cosmiques, et Il illumine les ascètes qui pratiquent l'Invocation ; siégeant sur l'un des deux trônes qui flanquent ce piédestal, le Vénéré aux trente-trois corps d'apparition[239] jette son filet – large promesse de Sa compassion – et Il sauve ceux qui sont engloutis dans l'océan des douleurs. C'est pourquoi même les pécheurs coupables des cinq transgressions majeures[240] qui ont échappé au Salut que procurent les bouddhas des trois mondes, passeront sur l'Autre Rive[241], embarqués sur la nef de Son Vœu – ce Vœu, inépuisable comme la mer, de n'abandonner personne ; et les méchants de ce bas-monde qui sont rejetés des Terres Pures des dix directions prendront leur envol vers les cieux de l'Ouest, en empruntant les ailes du Serment qui outrepasse ceux des bouddhas des trois mondes, celui du Grand Héros[242]. Ah ! puissé-je renaître au plus vite, et entrer dans la Voie de ses bienfaits !

239. Le bodhisattva Kannon, parèdre d'Amida, « la Compassion elle-même » (cf. *supra*, n. 118). Au Livre XXV du Sûtra du Lotus, Kannon (« l'être d'Éveil considérant les Voix du Monde ») fait le serment d'apparaître à chacun de ses dévots sous la forme propre à lui obtenir le Salut, et trente-trois de ces formes sont énumérées (traduction J.-N. Robert, p. 366).
240. C'est-à-dire tuer sa mère, tuer son père, tuer un ascète, blesser un bouddha, semer la discorde dans une communauté de moines. Ces fautes conduisent au pire des enfers.
241. C'est-à-dire dans le paradis d'Amida.
242. L'ouest est la direction du paradis d'Amida, le « Grand Héros ».

| | |
|---|---|
| *Nami-kaze mo* | Bourrasques et houle |
| *mi-nori no kowe wo* | nous disent aussi la Loi : |
| *toku kikite* | puissé-je au plus tôt L'entendre[243] |
| *mirume kurushiki* | afin d'échapper |
| *umi wo idebaya* | à l'océan des souffrances |
| | |
| *Mayohi-kite* | Auberge de fortune |
| *mata mayohi-kon* | où l'on s'égare |
| *kari no yado ni* | et puis revient s'égarer : |
| *nagaku kaheranu* | c'est vers la Voie qui s'en détourne |
| *michi ni kaheran* | que je voudrais me tourner[244] ! |

Il est un fils qui erre dans les contrées de l'Est. Il a quitté la capitale où il vivait et pris un gîte dans une auberge de fortune[245]. Dans la terre occidentale, il a une mère qu'il veut retrouver[246]. Escomptant la compassion du Bouddha, elle le guide vers cette contrée. Le bouddha Amida, qui se tient auprès d'elle, a transmis les trois syllabes de Son Nom à ses enfants ; Il a fait advenir les trois causes – constituants de la

---

243. Sous-entendu : au paradis d'Amida.

244. L' « auberge de fortune » est une métaphore de cette vie éphémère. Ici s'exprime le désir de quitter la roue des existences pour entrer au paradis d'Amida.

245. Derrière ce rappel des conditions de son voyage de retour vers la Capitale, le narrateur suggère la condition de tout homme errant dans le monde de l'Illusion et désireux de gagner le paradis de l'Ouest.

246. Dans ces lignes, l'auteur superpose à la figure de la mère laissée à Kyôto celle d'Amida, le bouddha de la Terre Pure de l'Ouest.

nature-de-bouddha – jusque-là cachées[247], a formulé le serment de venir à leurs derniers moments les accueillir[248] s'ils prononçaient dix fois l'Invocation, et Il est parvenu au rang suprême, celui de bouddha. À ceux dont la foi et les forces sont trop faibles, il apporte un secours extérieur[249] afin de les sauver, tel une mère qui, voyant son nourrisson tombé à terre, le prend dans ses bras. Ceux dont les forces de concentration sont vigoureuses, s'encouragent eux-mêmes en se fiant à Son Vœu, tels la mouche qui, s'attachant à un destrier, franchit mille lieues[250]. Et pourtant nous autres, malheureux captifs de nos passions, alléchés par l'appât de la gloriole, abrutis par le vin des trois poisons[251], épuisés par les difficultés de la route en ce bas-monde, nous nous égarons hors de la voie qui mène à la sainte contrée. L'amour pour notre femme et nos enfants obscurcit notre esprit et voile la lumière du bouddha qui est en nous. L'Éveil est tapi dans nos péchés comme le cerf au fond des montagnes : on a beau le

247. *San.in busshô* : les trois causes nécessaires pour l'obtention de la bouddhéité, à savoir les "causes principales" (la bouddhéité qui est en chacun), les "causes de compréhension" (la lumière de la sagesse) et les "causes secondaires" ou "conditions" (la conduite bonne).
248. Sur ce serment, voir *supra*, n. 166.
249. Littéralement "les forces d'un autre" (*tariki*). L'idée que l'homme peut ne pas compter seulement sur lui-même, mais avoir recours à l'aide des bouddhas, est l'un des fondements des écoles de la Terre Pure.
250. Métaphore empruntée aux classiques chinois.
251. La convoitise, la colère, la stupidité.

traquer, il ne se laisse pas débusquer. Les passions se frayent une voie à travers nos mérites comme le tigre dans la forêt : on a beau les chasser, elles ne s'enfuient pas. Dans la chambre où nous dormons, le son de la cloche matutinale résonne à nos oreilles, mais nous ne comprenons pas la souffrance qu'est l'impermanence de tous les actes[252] ; sur la couche où nous nous ébattons, un rayon de soleil vespéral vient nous frapper, mais nous ne percevons pas la loi selon laquelle nous sommes limités et conditionnés. La douleur de voir vieux et jeunes également fragiles obnubile nos yeux comme un nuage tourbillonnant, mais nous la tenons pour vaine et n'y prenons pas garde ; les séparations qui renversent l'ordre des générations résonnent à nos oreilles comme un vent de tempête, mais nous restons sourds et insensibles. Plus nous vieillissons, plus nous tenons au reste de nos jours ; quant aux jeunes, c'est dans l'avenir qu'ils placent tous leurs espoirs.

Pendant ce temps s'écoule le fleuve de la vie, et en un instant nous aurons regagné les Sources Jaunes[253] ; cette existence qui n'est que vent, que fumée, s'évanouit, et déjà nous errons dans les ténèbres. Nous n'emporterons pas les trésors que nous aurons amassés, ces trésors auxquels nous tenons tant ;

252. Sur l'expression *shogyô mujô*, voir B. Frank, *Démons et jardins*, p. 321-327.
253. Le royaume des morts : allusion au cycle des renaissances.

les serviteurs que nous faisions vivre auront beau pousser des gémissements, ils ne nous suivront pas. Pour finir, convoqués par les messagers de l'Au-delà, nous tomberons en enfer, contrée ténébreuse aux pics abrupts où nous cheminerons seuls, divaguant d'un pas incertain comme celui des enfants encore à la mamelle, pays des Sources Jaunes au cours impétueux qui nous emportera, orphelins noyés de larmes. Ah! Quelle désolation! Quelle désolation! Livrés aux sévices des sbires infernaux, l'âme broyée par le remords, tremblants devant la sentence du juge suprême, nous resterons muets de terreur au souvenir de nos fautes passées. Elle révèlera la honte de notre mauvaise conduite, l'image qu'en donnera le miroir de béryl; il nous interdira de nous disculper, le texte inscrit sur le registre. Ah! Les vociférations courroucées des dix-huit démons furieux de l'enfer-sans-répit sont semblables à la foudre qui tombe du ciel; les étincelles que jettent leurs soixante-quatre prunelles furibondes ressemblent à celles qui jaillissent d'un fer en fusion. Cherche-t-on à s'enfuir, on ne le peut, en ce lieu où pleuvent des lames; veut-on appeler à l'aide, impossible, au moment où le feu vous suffoque. Ah! Douleur! Les racines de nos péchés fournissent un aliment au brasier durant des millions d'années, comme la forêt d'un été sans fin; la rétribution de nos actes nous engloutit dans une eau glacée durant des ères incalculables, comme le gel d'un étang oublieux du printemps. Si ce n'est pas maintenant que nous demandons pardon pour nos fautes passées, à quoi nous servira de nous en repentir alors ? Quel homme sensé ne s'en affligerait pas ?

| | |
|---|---|
| *Mineba to ya* | Est-ce faute de les voir |
| *itaki kokoro mo* | que le cœur ne souffre pas ? |
| *nakaruran* | D'en ouïr seulement parler, |
| *kiku mo mi ni tatsu* | les feuillages faits d'épées |
| *tsurugi–ha no eda* | transpercent le corps |

Et pourtant, le paradis n'est pas à l'ouest[254], il loge dans un cœur tourné vers le Bien. L'enfer n'est pas sous terre, il se trouve dans un cœur qui nourrit de mauvaises pensées. Amida n'est pas un bouddha distant ; il est la nature authentique que nous possédons en propre. Les sbires infernaux ne sont pas des démons inconnus ; ce sont nos actes, porteurs de la rétribution dont nous faisons l'expérience. La neige en s'accumulant peut bien former une montagne, exposée au soleil printanier, elle fondra sans que rien n'en demeure. De l'or réduit en poussière pourra bien se mêler à la cendre, plongé dans l'eau et tamisé, il ne se perdra pas. De même, si

254. Comme plus haut, référence à la Terre Pure de l'Ouest, paradis du bouddha Amida.

la neige de nos péchés s'efface, le Bien, cet or pur, ne manquera pas de se révéler.

Quand nous sommes dans l'erreur, nous nous voilons les yeux, si bien que nous ne voyons pas même notre propre personne. Quand nous accédons à la Compréhension, nos yeux s'ouvrent et nous voyons jusqu'à la personne d'autrui. Même si nous croyons que les dix milliards de terres de bouddha se trouvent au-delà d'un écran, pour peu que nous écartions celui-ci, voilà qu'elles sont dans la même pièce que nous ! Cette eau qu'est en nous la nature-de-bouddha devient glace sous l'effet du vent des passions, mais qui ne sait que, si les illusions fondent, elle redeviendra eau ? Si pauvres que nous soyons, point n'est besoin de nous lamenter : pourquoi pleurer sur ce corps aussi fugace que l'éclair ou l'écume ? Si plaisante que soit notre vie, nulle raison de nous enorgueillir : en ce monde qui n'est qu'une chimère, de quels plaisirs jouirait-on ? Les plaisirs sont des ennemis pleins de jactance ; ils nous font tomber dans les voies mauvaises[255]. La pauvreté est un médiateur qui nous initie à l'esprit de la Voie ; ce médiateur nous élève jusqu'aux lieux

255. Parmi les six conditions de la roue des existences, ce sont les quatre voies interdisant en principe un accès direct à la Délivrance : celle des démons belliqueux, celle des bêtes, celle des démons affamés, esprits des morts revenant parfois sur terre et tenaillés par une avidité insatiable, et celle des condamnés à l'enfer.

de bien[256]. Les richesses sont des ennemis vindicatifs qui nous poursuivent depuis nos vies antérieures ; la convoitise est une entrave qui, quel que soit le mode de naissance[257], nous retient prisonnier dans le cycle des réincarnations. La pauvreté est une « amie de bien » en cette vie : elle délivre notre cœur de la concupiscence et nous conduit hors de cette cage que sont les trois mondes[258]. C'est pourquoi ceux qui haïssent le monde – on les appelle ascètes – sont considérés comme heureux. Nous qui souffrons de ces maux sévères que sont les huit douleurs[259], nous pouvons guérir grâce au remède qu'est l'Invocation au Bouddha. Cet ennemi qu'est la recherche de la gloire et du profit a beau nous guetter, ce n'est plus un ennemi pour qui s'est retranché du monde humain. La félicité des cieux supérieurs, celle des dieux, il n'en a cure : combien de fois n'en a-t-il pas joui lors de ses renaissances antérieures ? Ce fruit de rétribution

256. Les voies bonnes, qui permettent la Délivrance : celle des dieux et celle des hommes.
257. La liste des « quatre modes de naissance » (*shishô*) est variable. Par exemple, la naissance spontanée (celle des dieux), la naissance des ovipares, celle des vivipares, et celle de la vermine.
258. Le monde du désir, le monde des apparences et le monde de l'absence d'apparences.
259. Ce sont la naissance, la vieillesse, la maladie, la mort, la séparation d'avec ce que l'on aime, la réunion avec ce que l'on n'aime pas, ne pas obtenir ce que l'on recherche et les « cinq agrégats d'attachements » (voir J.-N. Robert, *Les Doctrines de l'école japonaise Tendai*, p. 348).

qu'est la condition de souverain ou de ministre, il ne la jalouse point : dans le cours de ses vies passées combien de fois ne l'a-t-il pas obtenue ? Les demeures qu'offrent les Six Voies, il en est à présent dégoûté : ce sont les cités des neuf degrés du Paradis, encore inconnues, que désormais il désire voir. Et pour peu qu'il le désire, qui serait empêché de s'y rendre ?

Avoir reçu par miracle la condition d'être humain, c'est parce que, de son ciel, le dieu Brahma a accroché son fil à un hameçon au fond de la mer, c'est pour avoir cru à la parabole de la tortue borgne et du bois flottant que nous enseigne le bouddha[260]. Songeons à la chance d'être né déjà dans la condition d'être humain : nous avons en outre rencontré dans cette existence la Loi sublime du Véhicule Unique dans les Dix Terres de Bouddha, et nous appliquons notre pensée au bouddha Amida, Lui qui, sans prendre en dégoût les dix actes mauvais[261], fait descendre sur nous son action salvifique. Est-ce pour avoir seulement prononcé Son Nom du bout des lèvres, pour avoir entendu Sa Voix d'une oreille distraite ?

260. La première comparaison est de source chinoise. Elle apparaît, au Japon, dans le *Sanbô ekotoba* (x^e s.). La seconde est tirée du Sûtra du Lotus (chap. 27) : « L'Éveillé est difficile à rencontrer, comme... une tortue borgne qui rencontrerait un trou dans un bois flottant » sur la mer (voir traduction J.-N. Robert, p. 382).
261. Les dix fautes capitales ou *jûaku* : le meurtre, le vol, la fornication, le mensonge, les paroles spécieuses, la calomnie, le double langage, la cupidité, la colère, la sottise (voir J.-N. Robert, *Les Doctrines...*, p. 314).

Ah! quelle lamentable légèreté ce serait de le croire! Dans le cours sans commencement de nos renaissances et de nos morts, la poussière des affinités salvatrices s'est amoncelée telle un mont Taishan, les gouttes des mérites accumulées se sont gonflées comme l'océan céruléen; les racines de Bien forment une forêt; nos prédispositions trouvent alors le temps propice; faisant de la vie présente le terme de nos renaissances, et de la suivante le commencement de la Délivrance, nous avons, grâce à notre naissance dans la condition d'être humain, pu bénéficier de ce Lien.

C'est pourquoi l'Éminent Shaka, tel un père bienveillant, a prêché son bienheureux enseignement pour le Salut des êtres misérables. Il a réussi à « convertir l'ensemble des vivants » et se réjouit de « les faire tous pénétrer dans la voie de l'Éveillé »[262]. Le Maître de la prédication Amida, tel une mère compatissante, a prononcé le Vœu inébranlable à l'intention de ses faibles enfants, s'engageant, pour le cas où il ne se réaliserait pas, à renoncer au parfait Éveil[263]. On le reconnaît ici: ce monde qui flotte au sud du cosmos[264] est une porte ouverte sur la Terre Pure de l'Ouest!

---

262. Expressions empruntées au Sûtra du Lotus (trad. J.-N. Robert, p.81).
263. Citation du Sûtra des contemplations du Buddha Vie-Infinie. Voir *supra*, n. 225.
264. C'est-à-dire le monde des hommes.

Quand bien même notre esprit de la Voie manquerait de fermeté, tenons vigoureusement le bâton de la repentance et disciplinons sans relâche notre corps ! Quand bien même l'ordure de nos actes s'amoncellerait, prenons pour instrument notre honte et balayons sans désemparer les impuretés de notre cœur ! Si nous faisons ainsi, il en sera comme des fleurs de cerisier dormant dans les branches, qui éclosent à la venue du printemps. La nature de bouddha cachée dans notre cœur ne manquera pas de s'épanouir à notre heure dernière.

Or donc, ces lignes ne sont pas des impressions de voyage, ce sont de plates fadaises, des divagations. Cependant, qui n'est pas poisson ne sait ce qu'éprouve un poisson[265] ; qui n'est pas moi ne saurait pénétrer mes intentions. Aussi bien le destrier qui avale mille lieues que le bidet qui trébuche au premier empan, s'ils ont la volonté d'arriver, atteindront l'un et l'autre leur but. Tout en enviant le phénix qui fend les nues, le petit oiseau s'ébat dans les haies. J'ai rédigé le présent écrit lorsque, quittant ma demeure j'ai pris la route[266].

265. Expression proverbiale tirée des classiques chinois, et que Kamo no Chômei cite à la fin de ses *Notes de ma cabane de moine*.
266. Sans doute faut-il donner aussi à cette expression un sens métaphorique : lorsque, quittant l'état de laïc, je suis entré dans la Voie.

et que, inspiré par les émotions que j'éprouvais, j'ai voulu, indifférent aux railleries des gens, noter ce que je ressentais. Ce n'est pas pour intéresser autrui que j'ai écrit ces lignes. Mon propos est que ceux qui se moqueront comme ceux qui compatiront puissent, en vertu du Lien – détourné ou direct – noué par cet ouvrage, renaître dans l'Unique Terre de Bouddha, et sauver la foule des êtres.

| | |
|---|---|
| *Hirakubeki* | Comme le lotus qui dans notre cœur |
| *mune no hachisu no* | un jour s'épanouira, |
| *taguhi ni ha* | les fleurs de cerisier |
| *haru matsu hana no* | dormant dans les branches |
| *eda ni komoreri* | attendent le printemps |
| | |
| *Kaharaji na* | Nulle différence ! |
| *nigoru mo sumu mo* | Eaux impures, eaux pures |
| *nori no midzu* | sont eaux de la Loi : |
| *hitotsu nagare to* | que son courant est un, |
| *kumite shirinaba* | on le saura en y puisant |

La 3e année de Teitoku [1454], 1er jour du 9e mois, en essuyant mes yeux de septuagénaire j'ai achevé de copier ceci.

L'ermite de Kitayama, Entokushi[267]

267. Paraphe calligraphié : cette apostille est due au copiste, non à l'auteur de l'ouvrage.

# POSTFACE

## Les notes de voyage dans la tradition japonaise

Le *Kaidô-ki* [*En longeant la mer de Kyôto à Kamakura*] est la relation d'un voyage effectué durant l'été de 1223 par un auteur anonyme, connu seulement par ce qu'il dit ici de lui-même : il a dépassé la cinquantaine, a renoncé au monde et vit à Kyôto, la capitale, où demeure aussi sa vieille mère. Il entreprend un voyage « conçu comme une ascèse », en parcourant le Tôkaidô, la route qui mène de la capitale à Kamakura, c'est-à-dire la ville où s'est installé, quelques décennies plus tôt, à l'issue de guerres civiles, le gouvernement militaire des shôgun. Nous reviendrons sur l'arrière-plan historique et religieux de l'œuvre, mais on peut dès l'abord en souligner les caractéristiques formelles.

Le *Kaidô-ki* est considéré comme un représentant majeur du genre *kikô* « notes de voyage », dont la critique a dégagé les traits dominants : le voyage relaté se déroule à l'intérieur de l'archipel ; les lieux évoqués sont pour la plupart bien connus (il ne s'agit pas de récits de découvertes) et le rappel des légendes ou des faits historiques qui les concernent ainsi que des poèmes qui les ont chantés y est constant ; le voyageur cristallise à son tour l'émotion née de la vue des sites en un ou plusieurs poèmes (des *waka*, quintains de trente et une syllabes).

Si l'on a conservé certains journaux des voyages que des moines éminents effectuèrent en Chine[268], notes factuelles rédigées en sino-japonais, si de brèves évocations de pérégrinations figurent dans les récits mythiques du VIIIᵉ siècle, l'origine des *kikô* remonte plutôt à la première anthologie poétique conservée, le *Man.yô shû*, compilé au milieu du VIIIᵉ siècle : y figurent des séries de poèmes accompagnés de notes en prose (rédigées en chinois), où le voyageur traduit en quelques vers son admiration ou sa curiosité pour la beauté des lieux traversés ou sa nostalgie du pays natal[269].

La présence de poèmes est également massive dans la première œuvre en prose japonaise explicitement consacrée à la relation d'un voyage, accompli en 935, le *Journal de Tosa* [*Tosa nikki*], où Ki no Tsurayuki relate son retour à la capitale depuis la province de Tosa dans le Shikoku, province dont il avait été le gouverneur. Cette œuvre n'est cependant pas considérée comme fondatrice du genre *kikô* : il s'agit en effet d'un voyage officiel, accompli avec une nombreuse compagnie, rapporté avec un certain détachement et parfois avec humour. Les poèmes qui y figurent sont dus à diverses personnes, et le narrateur porte

268. Notamment le *Nittô guhô junrei kôki* d'Ennin (838-847). Voir la traduction d'Edwin O. Reischauer, *Ennin's Diary, The Record of a Pilgrimage to China in Search of the Law* et, du même auteur, *Ennin's Travels in T'ang China*. On trouvera dans la bibliographie p. 159 les références complètes des traductions en langues occidentales des œuvres citées.
269. Voir notamment le Livre XV. Sur les origines, le développement et la typologie des évocations d'itinéraire, on pourra se reporter à Jacqueline Pigeot, *Michiyuki-bun – Poétique de l'itinéraire dans la littérature du Japon ancien*. Cet ouvrage contient la traduction de nombreux fragments de récits de voyage.

souvent sur eux des jugements : n'était-il pas lui-même l'un des plus illustres poètes de son temps ? Certains sont même allés jusqu'à faire de son récit la simple mise en scène d'un traité de poésie.

Rappelons encore que les journaux ou autobiographies rédigés au x<sup>e</sup> et xi<sup>e</sup> siècle par des femmes, comme les *Mémoires d'une Éphémère* [*Kagerô no nikki*] ou le *Journal de Sarashina* [*Sarashina nikki*], comportent une ou plusieurs brèves relations de voyage. Mais c'est à une œuvre bien moins connue que l'on attribue la paternité directe du genre *kikô*. Il s'agit du *Maître de l'ermitage* [*Io nushi*], écrit entre 986 et 1011 par un moine du nom de Zôki, personnage mal identifié. Cette œuvre brève, mais qui contient quelque cent vingt poèmes, s'ouvre par les lignes suivantes :

> « Vers quelle époque était-ce ? Il y eut un homme qui, désirant fuir le monde et vivre selon son cœur, résolut de se libérer l'esprit en visitant les sites plaisants dont on parle dans le monde, et aussi, en vénérant les hauts lieux, de détruire en lui le péché. On l'appelait le Maître de l'ermitage. »

Voyage solitaire, dicté tant par la curiosité pour les sites célèbres que par la volonté d'accomplir une ascèse rédemptrice (il fit pèlerinage au sanctuaire de Kumano, puis parcourut le Tôkaidô jusqu'à Hamana, à mi-chemin à peu près de Kamakura), voyage conçu comme une expérience à la fois spirituelle et poétique, marquée par « l'émotion » (*aware*) : est ici inaugurée la lignée à laquelle appartient *En longeant la mer de Kyôto à Kamakura*.

Dans les œuvres de cette lignée, le lecteur ne trouvera guère d'informations précises sur les raisons du voyage, ni sur les conditions matérielles de son déroulement.

Disons un mot de ces dernières. Comme nous l'avons signalé, et ce point sera précisé lorsque sera abordé l'arrière-plan historique du récit, la route que parcourt l'auteur avait acquis une nouvelle importance en raison des événements politiques. Longue d'environ quatre cent cinquante kilomètres, elle se parcourait en une quinzaine de jours (on compte ici seize étapes), tantôt à cheval, tantôt à pied, comme il est parfois incidemment indiqué. L'hébergement des voyageurs restait mal organisé. Si les hauts personnages pouvaient trouver abri dans un grand temple ou chez quelque notable, le voyageur ordinaire logeait chez l'habitant, dans des conditions souvent précaires.

L'auteur d'*En longeant la mer* évoque les lieux traversés, mais ce qu'il note avant tout, ce sont les réflexions que lui inspirent les sites marqués par l'histoire, par les événements politiques récents, par la tradition légendaire et poétique. Il porte un bagage culturel qui informe sa vision des lieux et des hommes. Les références à la culture chinoise sont particulièrement nombreuses : la géographie, l'histoire, les mythes, la poésie du grand voisin ont forgé la sensibilité du voyageur et les renvois, les échos qui constellent son récit donnent à ses évocations une profondeur à laquelle ne devaient pas être insensibles les lecteurs du temps. Les références à la Chine constituent d'ailleurs à cette époque l'une des marques du « beau style », et l'auteur recourt fréquemment au vocabulaire littéraire ou à la rhétorique du continent, comme on le verra plus loin. Le XIII<sup>e</sup> siècle est enfin celui où le bouddhisme se répand largement dans l'archipel, connaît un essor dont *En longeant la mer* témoigne au premier chef : les préoccupations spirituelles se font de plus en plus présentes au cours du texte.

L'une des particularités de ce récit est que la mélancolie du voyage, registre caractéristique du genre, se double ici de la nostalgie de la mère, ou plutôt de l'inquiétude quant à son sort. Cette mère âgée n'apparaît pas directement, mais on pourra lire, en écho à ces lignes, l'émouvant *Journal de la mère du révérend Jôjin*. Cette veuve, âgée de plus de quatre-vingts ans, vit partir pour la Chine son fils, âgé lui-même de soixante ans ; dans ces pages, datées de 1071-1073, elle exprime sans fard sa douleur, parfois teintée de ressentiment, de se voir séparée de lui, ainsi que sa crainte de ne jamais le revoir. Jôjin mourut en effet en Chine, en 1081[270].

De nombreux traits du journal ici traduit se retrouveront dans une œuvre postérieure d'une vingtaine d'années, elle aussi anonyme, le *Voyage dans les provinces de l'Est*[271] [*Tôkan kikô*], quand bien même la personnalité de l'auteur, moins marquée par le bouddhisme, ainsi que sa prose, moins redevable au style sino-japonais – points sur lesquels nous allons revenir – se distinguent évidemment de celles du rédacteur du présent ouvrage.

J P.

270. *Jôjin ajari no haha no shû*, journal traduit par Bernard Frank sous le titre *Un malheur absolu*.
271. Voir aussi d'autres journaux dans Fukuda et Plutschow, *Four Japanese travel diaries of the Middle Ages*.

# Rhétorique et références chinoises dans *En longeant la mer de Kyôto à Kamakura*

Quiconque entreprend la lecture d'*En longeant la mer* dans l'original japonais est, dès les premières lignes, frappé par la langue dans laquelle le texte est écrit. Il s'agit d'un japonais saturé de mots rares, précieux, techniques, empruntés au lexique chinois. Il convient ici sans doute de rappeler que le chinois classique fut au Japon la langue de l'érudition, notamment bouddhique, ainsi que de l'administration. Comme les lettrés occidentaux devaient savoir lire et écrire le latin, leurs homologues japonais devaient pouvoir écrire et lire le chinois. L'auteur d'*En longeant la mer* aurait d'ailleurs très bien pu rédiger son texte en chinois, comme l'avait fait Fujiwara no Teika pour la relation de son pèlerinage à Kumano dans la suite de l'empereur retiré Gotoba, en 1201[272]. Il a toutefois choisi d'employer la langue japonaise, mais un japonais singulier. La langue choisie et forgée par l'auteur, très imprégnée de mots et de tournures chinoises – avec, par exemple, de fréquents recours au « discours parallèle » –, évoque les restitutions en japonais de textes chinois[273]. Ainsi que nous le rappelle François Martin,

272. Voir la traduction partielle d'Arnaud Brotons, « Le quatrième pèlerinage impérial à Kumano de l'empereur retiré Gotoba, en 1201 », *Ebisu*, n°24, année 2000, p. 49-105.
273. Au Japon, les textes chinois étaient le plus souvent lus en japonais, le lecteur devant, oralement, modifier la syntaxe de la phrase chinoise pour l'adapter à celle de la langue japonaise. Voir Francine Hérail, « Lire et écrire dans le Japon ancien », in Viviane Alleton (dir.), *Paroles à dire paroles à écrire, Inde, Chine, Japon*, Éditions de l'École des Hautes Études en Sciences Sociales, 1997, p. 253-274.

« le discours parallèle est constitué par une succession de couples de phrases comportant chacune le même nombre de mots, lesquels tendent à se correspondre terme à terme dans leur catégorie et leurs fonctions : substantif avec substantif, verbe avec verbe, sujet avec sujet, etc.[274] ». Ici, par exemple, l'auteur y recourt pour opposer mot à mot l'évocation du printemps et de l'automne, de la montagne et de la mer, du nord et du sud, de l'algue noire et du héron blanc, etc. En employant ce style très fortement sinisé, l'auteur semble avoir voulu donner à son propos – et plus généralement à son œuvre – une certaine solennité, conférée par la couleur « savante » de la langue employée.

L'auteur d'*En longeant la mer* ne s'est toutefois pas contenté de faire des emprunts au lexique et aux figures de style chinois ; il fait également fréquemment référence à des ouvrages chinois, ou bien encore à des textes écrits en chinois au Japon. L'examen des sources citées – directement ou indirectement – laisse apparaître des références à une trentaine de titres (les sources ne sont jamais clairement signalées comme telles et nous sommes redevables pour ce relevé au travail des commentateurs japonais). On trouve des références à l'historiographie chinoise : les *Mémoires historiques* [*Shiji*] de Sima Qian (ɪɪᵉ siècle av. J.-C.), l'*Histoire des Han postérieurs* [*Hou Hanshu*] de Fan Ye (première moitié du ᴠᵉ siècle). Signalons encore le *Traité des rites* [*Liji*, c. ɪɪɪᵉ-ɪɪᵉ siècle av. J.-C.], ainsi que des ouvrages de pensée chinoise : la *Grande Étude* [*Daxue*], texte attribué

---

274. F. Martin, « La Rhétorique spatiale dans la poésie chinoise », in Anne-Marie Christin (éd.), *Espaces de la lecture*, Retz, 1988, p. 74-78.

au disciple de Confucius Zengzi [c. 505-436 av. J.-C.], le *Livre de la Voie et de sa Vertu* [*Daodejing* ou *Laozi*, IV<sup>e</sup>-III<sup>e</sup> siècle av. J.-C.], les *Entretiens* [*Lunyu*] de Confucius [551-479 av. J.-C.], *Le Traité de Maître Zhuang* [*Zhuanzi*, IV<sup>e</sup> siècle av. J.-C.], le *Livre du prince de Huainan* [*Huainanzi*, III<sup>e</sup> siècle av. J.-C.], le *Recueil du maître Han Fei* [*Han Feizi*, III<sup>e</sup> siècle ap. J.-C.]. Pour ce qui est des textes littéraires, on relève des références au *Canon des Poèmes* [*Shijing*], ouvrage dont la compilation est attribuée par la tradition à Confucius, au *Choix de pièces littéraires* [*Wenxuan*, vers 525], ainsi qu'aux *Œuvres du sieur Bai* [*Baishi wenji*] du poète Bai Juyi [772-846], à celles des poètes Tao Yuanming [365-427] et Li Jiao [644-713] ainsi qu'au *Manuel pour les jeunes ignorants* [*Mengqiu*], recueil d'anecdotes sur des hommes illustres du passé, compilé à l'époque des Tang [au VIII<sup>e</sup> siècle] par Li Han [?-?].

Concernant les recueils de poèmes et de proses écrits en chinois au Japon, l'auteur d'*En longeant la mer* semble avoir eu connaissance des anthologies suivantes : *L'Essence des lettres de notre pays* [*Honchô monzui*, milieu du XI<sup>e</sup> siècle], *Poèmes de notre pays sans sujets imposés* [*Honchô mudaishi*, vers 1162], *Poèmes magnifiques de notre pays* [*Honchô reisô*, 1010 ?], *Extraits de poèmes classés par thèmes* [*Ruijû kudaishô*, XI<sup>e</sup> siècle], le *Second recueil de Sugawara no Michizane* [*Kanke kôshû*, 903], ou encore le *Recueil d'Ôe no Masahira* [*Gô rihô shû*, vers 1010]. La connaissance de ces œuvres chinoises et japonaises révèle que l'auteur d'*En longeant la mer* possédait le bagage d'un homme cultivé de son temps, versé dans les lettres chinoises.

Une œuvre mérite ici une mention particulière : le *Recueil de poèmes à chanter en japonais et en chinois* [*Wakan rôei-shû*]. Ce *Recueil,* compilé vers 1012 par le grand poète Fujiwara no Kintô (966-1041), contient cinq cent quatre-vingt-huit distiques ou quatrains extraits de poèmes écrits en chinois par des auteurs chinois ou japonais, et deux cent seize poèmes japonais (*waka*), soit un total de huit cent quatre pièces destinées à être chantées sur une mélodie particulière. Tous ces poèmes, répartis en deux livres, sont classés par « sujets » (*dai*) – on en relève cent quatorze. Le premier livre est consacré aux quatre saisons avec leurs sous-thèmes, et le second aux « sujets divers ». Le poète chinois le mieux représenté est Bai Juyi, déjà évoqué, avec cent trente-neuf poèmes ; les poètes japonais d'expression chinoise dont le plus grand nombre de pièces furent sélectionnées sont Sugawara no Michizane (845-903) et Sugawara no Fumitoki (899-981). Cet ouvrage dans lequel vers chinois et japonais entrent en résonance connut immédiatement un immense succès. Il fut utilisé comme manuel pour les débutants en lecture de poèmes chinois, comme recueil de modèles de calligraphie et exerça une influence considérable sur la poésie et la prose des siècles suivants. Avec près de quatre-vingt-dix allusions – il s'agit incontestablement de l'œuvre la plus fréquemment citée –, l'auteur d'*En longeant la mer* inscrit son œuvre dans l'esthétique du *Recueil.* Pour ce faire, il choisit une expression, parfois un seul mot, identifiable mais jamais clairement signalé, qui renvoie à un poème particulier de cette anthologie. Le lecteur qui la connaît par cœur et le lecteur moderne qui se réfère aux notes des commentateurs superposent alors au texte d'*En longeant la mer* le poème du *Recueil*, enrichissant ainsi leur lecture de nouvelles résonances. Cette manière d'émailler la prose d'un texte d'allusions à des poèmes est attestée au Japon dès le x<sup>e</sup> siècle, mais les poèmes cités étaient jusqu'alors le plus souvent japonais (*waka*). La particularité d'*En longeant la mer* – et sans doute l'une de ses principales originalités – réside dans l'importance accordée aux citations de pièces chinoises.

M. V.-B.

## L'arrière-plan historique : les troubles de Jôkyû

Dans ce récit où il ne cesse de mêler le temps présent du voyage et le temps ancien, souvent mythique appartenant aux légendes, l'auteur est peu bavard sur sa propre personne et sur son entourage. Dans ce brouillard qu'il a délibérément introduit, deux dates nous permettent cependant de saisir le contexte historique de son œuvre. La première, d'une importance capitale, apparaît vers le milieu du texte. Il s'agit de la 3<sup>e</sup> année de l'ère Jôkyû (1221), où éclatèrent au 6<sup>e</sup> mois les « troubles de Jôkyû » qui mirent fin à la suprématie de la cour impériale sur la puissance guerrière, alors en plein développement et basée à Kamakura. L'auteur précise, au début de la relation du voyage à proprement parler, qu'il est parti de la capitale la 2ᵉ année de Jôô (1223), dans la première décade du 4ᵉ mois, à peine deux ans après cet événement historique qui ébranla le pays. Dans un passé récent, la route qui le conduisait de Kyôto à Kamakura avait donc été parcourue en sens inverse par des bataillons de guerriers de l'Est venus s'abattre sur la capitale. Ce récit fut rédigé, pense-t-on, peu après son retour de voyage, au plus tard en 1225, à l'époque où les souvenirs de la guerre hantaient encore l'esprit des gens. Quel était donc cet arrière-plan historique ?

À la fondation du gouvernement militaire de Kamakura, commença aux alentours de 1185 une cohabitation entre la cour impériale et le nouveau pouvoir guerrier instauré par Minamoto no Yoritomo (1147-1199). Ce dernier, à l'issue de la guerre civile appelée « troubles de Genpei » (1180-1185) qui s'était achevée par la défaite du parti des Taira, avait étendu ses prérogatives en installant dans certains domaines des intendants nommés par lui. En 1219 (1ᵉʳᵉ année de Jôkyû) eut lieu un événement grave, l'assassinat, par son propre neveu, de Minamoto no Sanetomo (1192-1219), troisième et dernier shôgun issu de la lignée directe du fondateur. La disparition de ce personnage, bon poète attiré par la culture de cour mais qui défendait bien les intérêts du shôgunat, jeta l'inquiétude sur l'avenir de la cohabitation. L'empereur retiré Gotoba (1180-1239), quant à lui, y vit l'occasion d'affaiblir la puissance des guerriers. Ce souverain hors du commun, excellent poète, passionné des arts de la guerre et dépourvu de tout sens de la mesure, rêvait de restaurer la suprématie impériale en soumettant le shôgunat à l'autorité de la cour. Il misa dans un premier temps sur de possibles conflits internes entre clans guerriers pour le contrôle du shôgunat, puis, confiant dans l'ascendant politique et religieux du système impérial, lança l'ordre d'arrêter le « régent » de Kamakura, Hôjô Yoshitoki (1163-1224). Les guerriers, hésitant d'abord à affronter l'armée impériale, décidèrent finalement de contre-attaquer plutôt que de l'attendre.

Les documents de l'époque avancent le nombre de 190 000 guerriers qui se mobilisèrent à l'appel du régent Hôjô et de 19 000 guerriers qui s'allièrent à Gotoba. Bien qu'on ne puisse pas reprendre ces chiffres tels quels, la suprématie de Kamakura était écrasante, et les combats furent de courte durée. Un document de l'époque note qu'environ 14 000 guerriers de l'Est perdirent la vie dans les batailles. On ignore le nombre des victimes du côté des troupes de Gotoba. Quoi qu'il en soit, les premières confrontations furent suivies de la débâcle générale de l'armée impériale. Pour éclairer les lignes de notre texte concernant ce moment historique, que l'auteur noie quelque peu dans des images métaphoriques[275], citons ce passage d'un ouvrage historique contemporain, les *Faits remarquables des six règnes* (*Rokudai shôji-ki*), passage non exempt d'exagération, mais plus réaliste :

« Le 15 du même mois (6ᵉ mois) un million de guerriers entrèrent dans la capitale, occupant entièrement la région et ses environs. Poursuivant jusqu'aux moindres recoins les

275. Voir p. 54-55 de la traduction.

hommes en fuite pour leur couper la tête, ils n'arrêtaient pas même la tuerie pour essuyer le sang de la lame qu'ils tenaient à la main. Des hommes et des chevaux gisant terrassés, morts ou blessés, encombraient les rues, rendant la marche difficile. Dans les hameaux, aucune maison ne fut laissée intacte, dans les champs, aucun plant épargné. Les guerriers qui défendaient les façades nord et ouest du palais de l'empereur retiré, fiers jusqu'alors de la protection impériale et confiants en leur force militaire, furent anéantis sur-le-champ. Les favoris et les proches serviteurs qui avaient tiré bénéfice de son prestige furent tous arrêtés. »

Après la guerre, le shôgunat installa des intendants dans trois mille domaines ne relevant pas jusque-là de son autorité. Quand on compare cette situation à celle qui suivit la défaite du clan Taira (1185) qui n'avait touché que trois cents domaines, on mesure combien le pouvoir de la cour impériale put être affecté par ces troubles. Cependant, le gouvernement de Kamakura se garda d'exploiter à fond la victoire ainsi acquise et opta pour une cohabitation paisible avec la cour. Mais il traita avec sévérité les responsables présumés. Ainsi Gotoba et ses deux fils, tous les deux empereurs retirés comme lui, furent exilés. Cinq nobles de haut rang, dont les noms furent livrés par Gotoba comme seuls responsables, furent exécutés, mais, afin de ménager la sensibilité de la population, hors de la capitale, sur la route menant à Kamakura. Le chemin que parcourut l'auteur de notre récit coïncide donc avec le dernier voyage de la plupart d'entre eux, mais c'est Fujiwara no Muneyuki

(1175-1221) qui bénéficie dans notre texte d'un traitement privilégié. La fin tragique de ce personnage semble avoir été célèbre dès cette époque, et le quatrain en chinois qu'il traça sur le pilier d'une demeure quelques jours avant son exécution[276] figure dans divers documents contemporains, dont le *Voyage dans les provinces de l'Est*, déjà mentionné.

Dans *En longeant la mer*, la fin de ces nobles occupe une place importante. Si l'on ajoute les réflexions qui peuvent renvoyer au destin des hommes qui périrent dans les combats, la partie concernant les victimes de cette guerre occupe près d'un cinquième de l'œuvre. L'auteur a pris le parti de ne nommer aucun contemporain, à l'exception précisément  de ces nobles, ce qui crée un contraste frappant avec l'emploi récurrent de noms de personnages anciens ou légendaires, la plupart tirés de textes chinois classiques. On peut mesurer la singularité de ce traitement quand on le compare, par exemple, au *Voyage dans les provinces de l'Est*. Dans l'un comme dans l'autre, les sites poétiques célèbres traversés au cours du voyage, comme Yatsuhashi ou Utsu, sont mentionnés avec une attention particulière. Mais alors que l'auteur du *Voyage dans les provinces de l'Est* donne les noms des poètes liés à ces lieux, notre auteur n'en cite aucun, comme si les seuls noms familiers qui comptent pour lui étaient ceux de ces nobles exécutés sur la route. Par la longueur du texte qui lui est consacré, Muneyuki apparaît comme

276. Voir p. 54 de la traduction.

le personnage central du récit. Okumura Tetsuya signale par ailleurs[277] qu'il est seul à bénéficier d'expressions honorifiques malgré son rang inférieur à certains autres, et il en conclut que l'auteur était sans doute un proche de Muneyuki.

À propos des expressions honorifiques, le même chercheur signale un autre fait intéressant[278]. Dans notre récit, les termes exprimant une déférence plus marquée qu'envers Muneyuki sont employées uniquement pour les divinités, à la seule exception du passage qui reprend un conte merveilleux. Un autre cas déroge à cette règle scrupuleusement respectée. Il concerne la mère de l'auteur. Ce dernier parle à plusieurs reprises de sa vieille mère avec affection et inquiétude, mais sans expressions de respect. Or, dans la dernière partie du texte, entièrement consacrée à des considérations religieuses, il y recourt à son propos. Ce traitement exceptionnel de la mère correspondrait, selon le chercheur, au statut particulier qu'elle avait acquis au moment de la rédaction : elle était sans doute déjà disparue, et entrée au paradis d'Amida, du moins selon le vœu de l'auteur. Ainsi l'une des raisons que l'auteur a pu avoir d'entreprendre cet écrit aurait été de le consacrer aux âmes des défunts, principalement à Muneyuki et à sa mère. Un certain nombre de chercheurs partagent l'idée que cette œuvre constitue une prière dédiée aux âmes des nobles exécutés sur le chemin de Kamakura. Mais cette

---

277. OKUMURA Tetsuya, « *Kaidôki* kikôbu no seiritsu katei », *Gifu daigaku Kokugo kokubungaku*, vol. 29, mars 2002, p. 12-27.
278. OKUMURA T., « *Kaidôki* zuisôbu no seiritsu katei », *Shizudai Kokubun*, vol. 44, mars 2005, p. 29-49.

interprétation ne peut rester qu'à l'état d'hypothèse, car il est difficile d'imaginer, étant donné la situation politique d'alors, que l'auteur était en mesure d'évoquer ouvertement une telle entreprise.

À la fin de l'œuvre, l'auteur dit que son texte n'est pas consacré à des impressions de voyage, mais à des pensées qu'il ne peut partager avec personne. Une idée répandue voit dans la construction de ce récit une quête religieuse. On ne peut nier qu'il s'agisse d'une de ses dimensions (voir plus loin), mais étant donné l'importance de l'épisode de Muneyuki, il est possible que l'un des principaux objectifs de son voyage ait été de prier pour l'apaisement de l'âme du défunt en suivant le chemin qui le conduisit à la mort, et, au retour de son voyage, de rédiger en partie son récit comme une sorte de requiem qui permettrait de conduire Muneyuki, et peut-être aussi la mère de l'auteur, vers un au-delà lumineux.

S. T.

## « La vie est un songe » : le bouddhisme dans *En longeant la mer*

Tout comme l'histoire continentale et l'univers de la poésie chinoise et japonaise, le bouddhisme constitue un mode spécifique de perception du réel, d'interprétation ultime de la marche du monde. De fait, *En longeant la mer* est truffé d'allusions à la géographie bouddhique et à des textes fondamentaux comme le Sûtra du Lotus, mais également d'images, de descriptions et de considérations plus ou moins développées sur la « Voie » enseignée par le Bouddha, notamment dans sa composante amidiste[279].

La doctrine bouddhique part du constat que la vie n'est que souffrance, quelle que soit la condition qui nous est échue, et que rien en ce monde n'est permanent (*mujô*) : « Tout ce qui est né doit mourir ». Partant, tous les phénomènes qui nous semblent réels – et dont nous faisons partie – sont foncièrement illusoires, sans véritable substance. De plus, tout, en cette vie, est le fruit des existences antérieures et donc conditionné par nos actions passées, selon le principe karmique de rétribution morale et spirituelle, et conditionne à son tour notre destinée présente ou future. C'est ainsi que l'auteur du texte s'explique son état présent, c'est ainsi qu'il justifie le destin des hauts personnages dont il poursuit les ombres au cours de ses pérégrinations et qu'il juge éminemment digne de pitié. Comme tout fidèle fervent du bouddhisme, il tente également par ses choix et sa conduite d'échapper à ce déterminisme foncier et de progresser sur le chemin de l'Éveil, d'approcher cette prise de conscience de la réalité du monde qui, seule, permet de se libérer de ses lois et d'assurer son Salut. Profondément conscient de son indignité – car la route est longue jusqu'à la délivrance finale –, notre voyageur exprime – ce qui n'a rien d'exceptionnel – son

---

279. Selon cette croyance, le bouddha Amida a fait le vœu d'accueillir dans son paradis de l'Ouest tous ceux qui s'en remettent à Lui au moment de mourir. Voir n. 225.

accablement à la fois devant la nature transitoire du monde et devant la difficulté du renoncement, du détachement absolu, alors même qu'il est « sorti de la maison » et s'est fait moine avant le début de son voyage vers Kamakura. Son départ sur la route ne fait donc que redoubler sa sortie hors du monde, et son cheminement vers les régions de l'Est traduit dans les faits la métaphore spatiale de la voie spirituelle.

« Tout ce qui est né doit mourir ». La perception du monde comme illusion et du soi comme sans substance s'exprime au cours de cette relation de voyage sous différents modes métaphoriques[280] : herbe ou méduse flottant au gré des eaux, rosée, nuage, feuilles mortes, auberge (à la fois étape de son voyage et image de ce monde précaire), oreiller d'herbe (quand il dort à la belle étoile, et par extension symbole de tout voyage), songe[281], etc. Voyager à cette époque au Japon n'a rien d'une sinécure. Rappelons-le, la précarité du voyageur est réelle pour des raisons matérielles, pratiques – il n'est pas assuré de parvenir à bon port, et les risques pris sont effectifs –, mais cette même précarité renvoie à une conception plus fondamentale du voyage, et à travers lui, de la vie humaine, comme expérience existentielle et spirituelle du caractère transitoire, éphémère de toutes choses. La précarité du voyageur le renvoie à une vision du monde comme « flottant » (*fusei, ukiyo*), comme illusoire, car voué à la disparition.

280. Pour un approfondissement de ces questions, voir J. Pigeot, *Michiyuki-bun, op. cit*, p. 23-39 et 313-361.
281. Le songe ne constitue qu'une possibilité parmi d'autres du jeu sur les différents niveaux de réalité, jeu qui recoupe la vision bouddhique du monde selon laquelle le réel est foncièrement dénué de toute substance.

Le voyage n'est donc pas un simple déplacement, il constitue une expérience angoissante du dépaysement, du dénuement, de l'errance, et se vit toujours dans la sensibilité japonaise, depuis le *Man.yô shû* (VIIIᵉ s.) au moins, comme une préfiguration d'un autre passage, la mort. La tonalité fondamentalement mélancolique du voyage est également due au fait que le moine prend la route seul, et que l'itinérance est considérée à l'époque comme un idéal de la vie monacale. Ce voyage est en effet à compter au nombre des « pratiques d'austérité », il est « conçu comme une ascèse » et a vocation à « détruire le péché », car ses difficultés mêmes, l'épreuve physique qu'il représente pour le simple voyageur – dont le récit donne des aperçus saisissants – constituent une forme de pénitence lui permettant – non moins que les prières, les lectures de *sûtra* bouddhiques et les poèmes dédiés aux sites – d'accumuler de nombreux mérites spirituels.

Cette expérience du voyage, intrinsèquement mélancolique, n'est pas sans de nombreuses évocations de la beauté des paysages rencontrés, mais cette sensibilité à la puissance émotionnelle des sites – apparemment contradictoire avec la conscience aiguë de la vacuité de tous les phénomènes – constitue une autre forme d'expression de l'ascèse : la confrontation avec l'Au-delà représenté par la nature sauvage permet de « purifier le cœur souillé » du voyageur. Cette beauté du monde éphémère, ces paysages qu'il quitte à regret redoublent à chaque étape le regret du départ, d'autant plus qu'il n'est pas assuré de pouvoir revenir, l'existence étant bornée par la mort et le moine étant déjà avancé en âge au moment de son départ de la capitale.

On remarque également dans le récit la présence notable de la croyance en la doctrine, développée et systématisée au cours de l'époque classique et très vivante au moyen-âge, du syncrétisme shintô-bouddhique (*honji-suijaku*), selon lequel les divinités autochtones du shintô, loin de s'opposer à la religion venue du continent, en deviennent les fidèles disciples et finissent par s'associer aux figures du panthéon bouddhique dont elles constituent des « traces descendues », des manifestations locales. Cela permet de comprendre pourquoi l'auteur prie au cours de son périple autant dans des sanctuaires shintô que dans des monastères bouddhiques *stricto sensu*, et consacre de longues descriptions exaltées à des sanctuaires ou des monastères dont il chante les louanges et vante les splendeurs. En ces lieux sacrés, le temps est présenté, de façon caractéristique, comme suspendu, immobile, et le contraste est donc saisissant avec l'évocation de l'impermanence de toute chose qui prévaut partout ailleurs.

On l'a vu, le voyage est également l'occasion d'admirer de nombreux sites célèbres, chantés en poésie, et l'auteur ne manque pas d'émailler sa relation de poèmes que lui inspire la beauté des lieux. Il note également, au cinquième jour de son périple, une expérience de contemplation très particulière qui lui permet de transfigurer le sanctuaire d'Atsuta en en faisant un paradis bouddhique[282]. Cette forme de concentration constitue une pratique de visualisation comparable à celle dont les *mandala* bouddhiques

282. Voir p. 30 de la traduction.

constituent le support. Si le moine a eu cette vision – et c'est pourquoi il en fait état –, c'est qu'il a obtenu, comme il le dira à la fin de son récit, une « réponse du Bouddha aux impulsions des êtres » et la création d'un lien salvifique avec la divinité. Ce faisant, il est donc parvenu à un certain stade de perfection spirituelle qui lui donne quelque assurance de sa progression sur la Voie bouddhique.

La superposition, au cours de la méditation, des beautés de ce monde et de celles – infiniment supérieures – du paradis rejoint une autre forme de superposition, voire de confusion, celles des strates chronologiques. Comme cela a été dit, ce texte opère de façon continuelle des glissements entre l'époque du voyage et le moment de l'énonciation (l'écriture du récit), mais aussi entre des temps plus ou moins anciens : ceux des mythes, ceux des poètes pérégrins, mais aussi ceux des nobles qui, tout récemment, sont morts lors des « troubles de Jôkyû ». Le « moine obscur » suit donc un chemin qui le mène sur des lieux jadis foulés par d'autres que lui, qu'ils soient historiques ou imaginaires. Si l'exemplarité culturelle et poétique est représentée par l'évocation discrète d'Ariwara no Narihira aux Huits Ponts dans la province de Mikawa (cinquième jour du voyage) ou à Utsu (douzième jour), c'est de façon plus sombre, voire obsessionnelle que l'auteur insiste sur le destin tragique des cinq hauts dignitaires des troubles de Jôkyû. La superposition des strates temporelles recouvre ici celle des itinéraires du moine et des victimes, et le texte suggère de façon nette que ces rencontres au-delà de la mort sur la route ne sont pas dues au hasard de l'errance : deux ans plus tard, l'auteur emprunte volontairement le même chemin, et s'arrête à des étapes cruciales de leur marche vers la mort. Ces étapes lui permettent de prier pour eux, notamment sous la forme de poèmes, et de rappeler tout autant leur gloire et leur déchéance – illustration parfaite de la loi bouddhique de l'impermanence – que l'exemplarité de leurs derniers instants sur le plan spirituel. Ce faisant, il tente d'apaiser leur âme, leur ressentiment (*urami*), et fait œuvre pie, reversant sur eux les mérites qu'il a tirés des épreuves du voyage. En d'autres termes, bien que cela ne soit pas dit explicitement au vu des circonstances, on peut voir dans ce voyage un pèlerinage, dicté par le lien qui était vraisemblablement le sien avec le défunt Fujiwara no Muneyuki.

Cependant, ce devoir qu'il s'impose l'éloigne de sa mère, restée à la capitale, seule et fort âgée, et son inquiétude transparaît souvent au cours de ce périple. L'auteur est tourmenté de l'avoir doublement quittée, contrevenant ainsi à un autre devoir, celui de la piété filiale : d'une part, quand il s'est fait moine, car ce faisant il a renoncé à tous les liens d'attachement et rompu avec le monde ; d'autre part, quand il est parti vers Kamakura, voyage dont il n'est pas sûr de revenir à temps, ou même de revenir. Il tente d'apaiser son cœur en surmontant cette contradiction qui n'est qu'apparente, en affirmant que la piété filiale veut « qu'il aille au bout de [ses] aspirations », et que son cheminement ascétique vers l'Est, donc dans des régions nouvellement bouddhisées, lui permet d'accumuler des mérites spirituels dont il pourra faire bénéficier sa mère et qui lui vaudront de voir s'ouvrir devant lui les Portes de la parfaite Connaissance, vers l'Ouest cette fois-ci, sous le signe du paradis d'Amida. Ce mouvement de balancier lui permet de surmonter la faute qu'il commet en manquant à la piété filiale, et d'affirmer ici comme ailleurs ce principe bouddhique fondamental qu'est la non dualité des contraires : « Amida ne réside pas ailleurs que dans le cœur épris de la Voie ». De fait, cette figure de la mère change de dimension au moment où il repart de Kamakura : inquiet de la savoir seule et démunie, anxieux d'être auprès d'elle avant qu'elle ne vive ses derniers instants, il se hâte de rentrer en direction de l'Ouest cette fois. Ce faisant, il fusionne dans la conclusion exaltée du récit l'image de cette mère et celle du buddha Amida dont le paradis est précisément situé dans cette direction.

Le récit ne précise pas si le voyageur est rentré à temps chez lui. Cependant, l'écriture même de ce texte, deux ans au plus après le pèlerinage, peut être tenue pour une façon de parfaire cette œuvre pie et de prier pour le salut posthume des nobles victimes et, sans doute, de cette mère à laquelle il songe à tous les instants. Loin de constituer une simple relation de voyage, le récit, du fait de sa teneur et de sa tonalité bouddhique, œuvre donc à la fois au salut des morts, mais également – et de façon explicite – à celui de ses lecteurs. Il espère jouer le rôle de lien salvifique entre ces derniers et le Bouddha lui-même. Le lire, c'est, en vertu de la réversibilité des mérites et en vertu du vœu de son auteur, progresser suffisamment dans la Voie pour « renaître dans l'Unique Terre de Bouddha et sauver la foule des êtres ». C'est dire la valeur performative de ce texte. N'est-ce pas ainsi que l'a entendu le lecteur et copiste du milieu du XVe siècle, « l'ermite de Kitayama, Entokushi », auquel nous devons la transmission d'*En longeant la mer*? Nul doute qu'il n'ait cru que cette initiative pieuse lui vaudrait d'incalculables mérites dans cette vie, comme dans les suivantes. Qu'en sera-t-il pour le lecteur d'aujourd'hui?

C.-A. B.

## La tradition manuscrite

Relation de voyage évoquant de façon détaillée les sites du Tôkaidô, exercice de style mariant dans la manière de l'époque expressions poétiques japonaises et chinoises, méditation bouddhique sur la vanité de toute chose ou prière pour les victimes de la répression qui suivit les troubles de l'ère Jôkyû, *En longeant la mer* reste avant tout une œuvre littéraire singulière, riche de ses diverses dimensions et irréductible à aucune d'elles. C'est sans doute ce qui lui a valu d'être recopié tout au long de la période médiévale, puis imprimé à l'époque d'Edo en Kanbun, 4 (1664). Cette version allait devenir la vulgate pour de nombreuses décennies. Elle attribue (à tort) l'œuvre à l'illustre Kamo no

Chômei (1155 ?-1216), auteur notamment des *Notes de ma cabane de moine*, autre grand texte connu pour marier styles chinois et japonais (*wakan konkô bun*). Cette vulgate suivrait, selon une indication donnée dans le colophon, le manuscrit du guerrier, poéticien et poète de *waka* Hosokawa Yûsai, manuscrit remontant à Keichô, 3 (1598). Les éditions d'aujourd'hui, que nous avons suivies pour cette traduction, préfèrent à cette vulgate un manuscrit ancien, recueilli dans la bibliothèque des daimyo Maeda, le Sonkeikaku bunko, et connu comme le « manuscrit Maeda », datant de l'an 3 de l'ère Kyôtoku (1454). Ce manuscrit est noté à l'aide du syllabaire katakana – en principe réservé jusqu'à l'époque moderne aux ouvrages d'érudition – mêlé de caractère chinois, là où la vulgate utilise le syllabaire hiragana. Il présente également des caractéristiques graphiques montrant qu'il remonte à un manuscrit antérieur, aujourd'hui perdu, et sans doute proche de l'original. Il s'agit donc d'un témoin fondamental dans l'histoire de la transmission de ce texte, même s'il comporte des lacunes et des erreurs.

Nous avons choisi pour cette traduction le texte annoté par Ôsone Shôsuke et Kubota Jun dans la collection Shin Nihon koten bungaku taikei des éditions Iwanami (1990), mais nous avons également consulté d'autres éditions, dont le commentaire de Takeda Takashi (*Kaidô-ki zenshaku*, Kasama shoin, 1990). Notre version du texte comporte de brèves additions que nous avons traduites quand elles nous semblaient utiles et signalées par des parenthèses.

D. S.

# RÉFÉRENCES BIBLIOGRAPHIQUES

## Éditions du texte

KTZSO : coll « Nihon koten zensho », Asahi shinbun sha, 1947.

S.KBTK : coll. « Shin Nihon koten bungaku taikei », vol. 51, Iwanami shoten, 1990.

S.KBZ : coll. « Shinpen Nihon koten bungaku zenshû », vol. 48, Shôgakukan, 1994.

Takeda Takashi, *Kaidô-ki zenshaku*, Kasama shoin, 1990.

## Œuvres japonaises mentionnées

*Chronique de la Grandeur et de la Décadence des Minamoto et des Taira* [*Genpei jôsui ki*]

*Chronique des choses anciennes* [*Kojiki*], trad. Masumi et Maryse Shibata, Maisonneuve et Larose, 1969.

*Compendium de la Renaissance dans la Terre Pure de l'Ouest* [*Ôjô yôshû*] de Genshin

*Conte (Le) du coupeur de bambous* [*Taketori monogatari*], trad. René Sieffert, Bulletin de la Maison franco-japonaise, Nouvelle série, tome II, 1952 (rééd. POF, 1992).

*Contes d'Ise* [*Ise monogatari*], trad. Gaston Renondeau, Connaissance de l'Orient, Gallimard,1969.

*Contes d'Uji* [*Uji-shûi monogatari*], trad. René Sieffert, POF 1986.

*Ennin's Diary, The Record of a Pilgrimage to China in Search of the Law*, trad. Edwin O. Reischauer, New-York, The Ronald Press Company, 1955.

*Essence (L') des lettres de notre pays* [*Honchô monzui*] de Fujiwara no Akihira

*Extraits de poèmes classés par thèmes* [*Ruijû kudaishô*]

*Faits remarquables des six règnes* [*Rokudai shôji-ki*]

*Histoires qui sont maintenant du passé* [*Konjaku-monogatari shû*], trad. partielle Bernard Frank, Connaissance de l'Orient, Gallimard, 1968.

*Journal de la mère du révérend Jôjin* [*Jôjin ajari no haha no shû*], voir *Un malheur absolu*.

*Journal (Le) de Sarashina* [*Sarashina nikki*], trad. René Sieffert, POF, 1978.

*Journal (Le) de Tosa* [*Tosa nikki*], trad. René Sieffert, POF, 1993.

*Maître (Le) de l'ermitage* [*Io nushi*] de Zôki

*Man.yôshû* [*Man.yôshû*], trad. René Sieffert, POF, 5 vol., 1997-2003.

*Mémoires d'une Éphémère* [*Kagerô no nikki*] de la mère de Fujiwara no Michitsuna, trad. Jacqueline Pigeot, Collège de France, Bibliothèque de l'Institut des Hautes Études japonaises, 2006.

*Notes de ma cabane de moine* [*Hôjô-ki*] de Kamo no Chômei, trad. Sauveur Candeau, Connaissance de l'Orient, Gallimard, 1968 ; rééd. Le Bruit du temps, 2010.

*Notes sur le mont Fuji* [*Fuji-san no ki*] de Miyako no Yoshika

*Nouveau recueil de poèmes anciens et modernes* [*Shin kokin [waka]shû*]

*Observer les courtisanes* [*Yûjo o miru*] de Gô Igen

*Poèmes de notre pays sans sujets imposés* [*Honchô mudaishi*]

*Poèmes magnifiques de notre pays* [*Honchô reisô*] de Takashina no Moriyoshi

*Recueil de l'ermitage de montagne* [*Sanka shû*] de Saigyô

*Recueil de poèmes à chanter en japonais et en chinois* [*Wakan rôei shû*]

*Recueil de poèmes anciens et modernes* [*Kokin [waka] shû*]

*Recueil de poèmes sélectionnés postérieurement* [*Gosen waka shû*]

*Recueil de poèmes glanés parmi les délaissés* [*Shûi waka shû*]

*Recueil des dix mille feuilles* voir *Manyô. shû*

*Recueil des fleurs de mots* [*Shika [waka] shû*]

*Recueil des Trésors* [*Hôbutsu shû*]

*Recueil d'Ôe no Masahira* [*Gô rihô shû*]

*Second recueil de Sugawara no Michizane* [*Kanke kôshû*]

*Sente (La) étroite du bout du monde* [*Oku no hosomichi*] de Bashô, trad. René Sieffert, in *Bashô – Journaux de voyage*, POF, 1988, pp. 69-101.

*Second recueil de poèmes glanés parmi les délaissés* [*Go shûi waka shû*]

*Voyage dans les provinces de l'Est* [*Tôkan kikô*], trad. Jacqueline Pigeot, Le Promeneur, Gallimard, 1999.

*Un malheur absolu* [*Jôjin ajari no haha no shû*], trad. Bernard Frank, Le Promeneur, Gallimard, 2003.

## Œuvres chinoises traduites

*Anthologie de la poésie chinoise classique*, trad. Paul Demiéville, Connaissance de l'Orient, Gallimard, 1969.

*Anthologie de la poésie chinoise*, coll. La Pléiade, Gallimard, 2015.

*Dix-Neuf (Les) poèmes anciens*, trad. Jean-Pierre Diény, rééd. Les Belles Lettres, 2010.

*Entretiens de Confucius*, trad. Anne Cheng, coll. Points Sagesse, éd. du Seuil, 1981.

*Mémoires historiques, Vies de Chinois illustres*, de Sima Qian, trad. Jacques Pimpaneau, éd. Ph. Picquier, 2002.

*Œuvres de Meng Tseu*, in *Les Quatre Livres de la sagesse chinoise*, trad. Séraphin Couvreur, Le Club des Libraires de France, 1956.

*Philosophes taoïstes, Lao-tseu, Tchouang-tseu, Lie-tseu*, textes traduits, présentés et annotés par Liou Kia-hway et Benedykt Grynpas, Bibliothèque de la Pléiade, Gallimard, 1980.

*Sûtra (Le) du Lotus* [*Zhengfahuajing*], trad. Jean-Noël Robert, Fayard, 1997.

## Études en langues occidentales

DHJ : *Dictionnaire historique du Japon*, Tôkyô : Maison franco-japonaise / Librairie Kinokuniya, 1963-1995, 20 vol.+ index (réimpr. Maisonneuve et Larose, 2002, 2 vol.).

Ducor Jérôme et Loveday Helen , *Le Sûtra des contemplations du Buddha Vie-Infinie – Essai d'interprétation textuelle et iconographique*, Turnhout, Brepols, 2011, p. 391.

Frank Bernard, *Amour, colère, couleur – Essais sur le bouddhisme au Japon*, Collège de France, Institut des Hautes Études Japonaises, 2000.

Frank Bernard, *Démons et jardins – Aspects de la civilisation du Japon ancien*, Collège de France, Institut des Hautes Études Japonaises, 2011.

Frank Bernard, *Le panthéon bouddhique au Japon – Collections d'Emile Guimet*, Réunion des musées nationaux, 1991, réed. Collège de France, Bibliothèque de l'Institut des Hautes Études Japonaises, 2017.

Fukuda Hideichi et Plutschow Herbert, *Four Japanese Travel Diaries in the Middle Ages*, Cornell University East Asia Papers, n° 25, 1981 (contient *Takakura-in Itsukushima gokô ki, Shinshô hôshi nikki, Miyako no tsuto, Zenkôji kikô*).

Hérail Francine (éd.), *Histoire du Japon des origines à nos jours*, rééd. Hermann, 2010.

Keene Donald, *Les journaux intimes [nikki] dans la littérature japonaise*, Collège de France, 2003.

Péronny Claude, *Les plantes du Man.yôshû*, Collège de France, Institut des Hautes Études Japonaises, 1993.

Pigeot Jacqueline, *Michiyuki-bun – Poétique de l'itinéraire dans la littérature du Japon ancien*, édition revue et corrigée, Collège de France, Institut des Hautes Études Japonaises, Paris, 2009.

Pigeot Jacqueline, *Questions de poétique japonaise*, PUF, 1997.

Pigeot Jacqueline, *Femmes galantes, femmes artistes dans le Japon ancien – XI^e-XIII^e siècle*, Gallimard, coll. « Bibliothèque des Histoires », 2003.

Reischauer Edwin O., *Ennin's Travels in T'ang China*, New-York, The Ronald Press Company, 1955.

Robert Jean-Noël, *Les doctrines de l'école japonaise Tendai au début du IX^e siècle*, Maisonneuve et Larose, 1990.

Terada Sumie, *Figures poétiques japonaises : genèse de la poésie en chaîne*, Collège de France, Institut des Hautes Études Japonaises, 2004.

Cet ouvrage a été composé en Caslon
et achevé d'imprimer en avril 2019
sur les presses de l'imprimerie Pulsio.

Dépôt légal : avril 2019
ISBN 978-2-35873-123-2
Imprimé dans l'Union européenne